新潮文庫

神戸・続神戸

西東三鬼著

新潮社版

11140

目次

神戸・続神戸

神戸

第一話　奇妙なエジプト人の話

昭和十七年の冬、私は単身、東京の何もかから脱走した。そしてある日の夕方、神戸の坂道を下りていた。街の背後の山へ吹き上げて来る海風は寒かったが、私は私自身の東京の歴史から解放されたことで、胸ふくらむ思いであった。その晩のうちに是非、手頃なアパートを探さねばならない。東京の経験では、バーに行けば必ずアパート住いの女がいる筈《はず》である。私は外套《がいとう》の襟を立てて、ゆっくり坂を下りて行った。その前を、どこの横町から出て来たのか、バーに働いていそうな女が寒そうに急いでいた。私は猟犬のように彼女を尾行した。彼女は果して三宮《さんのみや》駅の近くのバーへはいったので、私もそのままバーへはいって行った。そして一時間の後には、アパートを兼ねたホテルを、その女から教わったのである。

それは奇妙なホテルであった。

神戸の中央、山から海へ一直線に下りるトーアロード（その頃の外国語排斥から東亜道路と呼ばれていた）の中途に、芝居の建物のように朱色に塗られたそのホテルがあった。

私はその後、空襲が始まるまで、そのホテルの長期滞在客であったが、同宿の人々も、根が生えたようにそのホテルに居据わっていた。彼、あるいは彼女等の国籍は、日本が十二人、白系ロシヤ女一人、トルコタタール夫婦一組、エジプト男一人、台湾男一人、朝鮮女一人であった。十二人の日本人の中、男は私の他に中年の病院長が一人で、あとの十人はバーのマダムか、そこに働いている女であった。彼女等は、停泊中の、ドイツの潜水艦や貨物船の乗組員が持ち込んで来る、缶詰や黒パンを食って生きていた。しかし、そのホテルに下宿している女達は、ホテルの自分の部屋に男を連れ込む事は絶対にしなかった。そういう事は「だらしがない」といわれ、仲間の軽蔑《けいべつ》を買うからである。

その頃の私は商人であった。しかし、同宿の人達は、外人までが（ドイツの水兵達も）私を「センセイ」と呼んでいた。（何故《なぜ》、彼等がそういう言葉で私を呼ぶようになったかについては、この物語の第何話かで明らかになる。）

彼女達は「センセイ」の部屋へ、種々雑多な身辺の問題を持ち込んで来たし、県庁の外事課に睨《にら》まれている外人達は、戦時の微妙な身分上の問題を持ち込んで来た。私の商売は軍需会社に雑貨を納入するのであったが、極端な物資の不足から、商売はひどく閑散で、私はいつも貧乏していた。私は一日の大半を、トーアロードに面した、二階の部屋の窓に頬杖《ほおづえ》をついて、通行人を眺めて暮すのであった。

その窓の下には、三日に一度位、不思議な狂人が現われた。見たところ長身の普通のルンペンだが、彼は気に入りの場所に来ると、寒風が吹きまくっている時でも、身の廻りの物を全部脱ぎ捨て、六尺褌《ふんどし》一本の姿となって腕を組み、天を仰いで棒立ちとなり、左の踵《かかと》を軸にして、そのままの位置で小刻みに身体《からだ》を廻転し始める。生きた独楽《こま》のように、グルグルグルグルと彼は廻転する。天を仰いだ彼の眼と、窓から見下ろす私の眼が合うと、彼は「今日は」と挨拶《あいさつ》した。

私は彼に、何故そのようにグルグル廻転するかと訊《き》いてみた。「こうすると乱れた心が静まるのです」と彼の答は大変物静かであった。寒くはないかと訊くと「熱いからだを冷ますのです」という。つまり彼は、私達もそうしたい事を唯一人《ただ》実行しているのであった。彼は時々「あんたもここへ下りて来てやってみませんか」と礼儀正しく勧誘してくれたが、私はあいかわらず、窓に頰杖をついたままであった。

彼が二十分位も回転運動を試みて、静かに襤褸《ぼろ》をまとって立ち去った後は、ヨハネの去った荒野の趣であった。それから二年後には、彼の気に入りの場所に、天から無数の火の玉が降り、数万の市民が裸にされて、キリキリ舞をしたのである。

下宿人のエジプト人マジット・エルバ氏は私の親友となった。彼は当時日本に在留する唯二人のエジプト人の一人であった。いわゆる敵性国人であったが、引き揚げなかった他の英米仏人達と同様に、旅行は許されなかったが、神戸市内では一応自由であった。彼はこの奇妙なホテルでの、最も奇妙な人物であった。商売は肉屋で、山の手の通りに清潔な店を持っていたが、もう商品はカラッポであった。彼はその店に独り住む事を好まず、わざわざホテルに滞在していた。年は幾つなのか、さっぱり見当がつかないが、多分四十歳そこそこであったろう。小麦色の彫りの深い顔には、いつも鬚《ひげ》の剃《そ》り跡が青々としていた。恐ろしく胸の厚い男で、まるで桶《おけ》の胴のようであった。こういう放浪者に似ず、英語も日本語も下手糞《へたくそ》であった。日本滞留十年で、ヨーロッパ、アメリカ、南米と流浪《るろう》の末、日本神戸に根の生えたエジプト種の強い蘆《あし》である。私は青春時代を、赤道直下の英領植民地で暮したので、彼のコスモポリタン気質はよく判《わか》った。彼のお国自慢は、名前のエルバに由来し、彼の説に従えば、彼は正《まさ》しくナポレオンの追放された島の出生だというのである。彼は何度もこの話をしたが、その時の彼はナポレオンの落胤《らくいん》のような顔をした。

マジットも私も貧乏だったので、夜は大抵どちらかの部屋で、黙って煙草《たばこ》を吹かすのが常であった。私の部屋には十数枚のレコードがあった。それは皆、近東やアフリカを主題とした音楽で、青年時代からの、私の夢の泉であった。私達は、彼が何処《どこ》からか探し出してくるビールを、実に大切に飲みながら、一夜の歓をつくすのであったが、彼はレコードの一枚毎《ごと》に「行き過ぎの鑑賞」をして、砂漠のオアシスや、駱駝《らくだ》の隊商や、ペルシャ市場の物売婆を呼び出し、感極まってでたらめ踊りを踊り、私はそれに狂喜の拍手を送るのであった。そういう我等を見守るのは、どのような神であったか、所詮《しょせん》は邪教の神であって、一流の神様ではなかったであろう。

神様といえば、マジットは回教徒で、宗門の戒律は厳重に守っていた。ある時、彼は歯槽膿漏《しそうのうろう》が悪化して高熱を出し、頰を腫《は》らして遂《つい》に市民病院に入院した。私は親友のために、毎日一度ずつ、手料理を作って自転車で運んだが、ある日、マッシュド・ポテトを作り、うっかりベーコンを刻み込んだまま、彼の枕頭《ちんとう》に供した。彼は歓声を上げて口一杯に頰張ったが、ウッという声と共に全部吐き出し、大急ぎで嗽《うがい》をした。ベーコンは豚で、それは回教徒のタブーである。彼は世にも情ない顔をして「センセイ、ダレニモイウナ」といった。

このエジプト人が、どこから生活費を得て来るのか、誰にも判らなかった。彼が時たま、牛肉の大塊をホテルの厨房《ちゅうぼう》に売りつけると、翌日の新聞に、姫路郊外で耕牛が一頭盗まれ、加古川《かこがわ》の河原で密殺された記事が出るのであった。哀《かな》しきエジプト人は、独特のルートから、そういうものを仲買していたのであろう。彼は随分窮乏していたが、一度も私に金を貸せと言わなかった。私の貧乏をよく知っているのだ。彼の入院中、私が当時の金で五十円作って見舞のつもりで与えたら、退院するとすぐ「ワタシビンボウ、センセイビンボウ」といって返してよこした。そういう彼に、私には合点のゆかない意外な大金がはいることがある。彼は忽《たちま》ちサルタンになって、日頃のウップンを一夜にして放散する。いつも文無しの彼を軽蔑している同宿の淑女達の中で、最も若く、最も豊満な一人を選んで、彼女のバーに押しかけ、札びらを切った末、どこかのホテルで一夜を明かして来るのだ。翌日、彼女は忽ち富み、彼は再び貧しい。あまりの事に柄にもなく私が忠告がましい事をいうと、彼は得意のウインクを一発放って「オーマー・カイヤム」と呪文《じゅもん》のように、ペルシャ楽天詩人の名を称《たた》え、あまつさえ、マリ子が水を飲むと、透き通った咽喉《のど》を、水の下りるのが見えたなどとのろけるのであった。

マジットにはカイロに富商の伯父があるとかで、その伯父さんが、日本に足止めを食らって窮乏している甥《おい》に大金を送って来ますようにというのが、彼のアラーの神への日夜の祈禱《きとう》であった。彼に従えば、その金額は、十人のマリ子を一年位満足させるに足りるのであった。送金ルートは国際赤十字、スイス公使館、あるいはドイツ潜水艦が密輸して来るかも知れないという。勿論《もちろん》それは追いつめられた彼の白昼の夢にすぎないが、私はその実現を彼のために切望した。それというのも、彼は一着だけのフラノのズボンの膝《ひざ》に穴が開いてきたので、膝のあたりでチョン切ってショートパンツに改造し、厳寒の候、広間のストーブに当る始末であったからだ。しかし、彼の胸板は依然として厚く、鬚の剃り跡はいつもの通り青々としていた。

マジットはのべつ嘘《うそ》をついた。彼の各国漫遊談は、その嘘が混じるために、実に独創的で、新鮮で、いつまで聞いていても飽きなかった。だから私は、それは嘘だろうなどとは決していわなかった。このエジプトのホラ男爵《だんしゃく》は、第一次世界大戦の時、エジプト軍の軍曹であったというのである。驚いた事にそれは真実であった。彼は全世界を流浪中、英国風の、エジプト軍の軍服姿の写真を一枚、肌身離さず持ち回って来たが、ある時それを「イチバントモダチセンセイ」に進呈するといって私にくれた。だから、後年剃り落した真黒い八字髭《ひげ》を左右に撥《は》ねた彼の写真は、かくして今も私の机辺にある。

彼は砂漠の一戦以来「ドイツハテキ」と肝に銘じたらしく、ドイツ潜水艦の水兵達が、ホテルのロビーでビールを飲んでいると、私に意味深長なウインクを送るのであった。ドイツ兵達は、豊富な食糧をかかえ込んで上陸し、ホテル住いの淑女達を奪い去るのだから、マジット・エルバの強敵にちがいない。彼はドイツ水兵の身体に密着した上衣《うわぎ》や、途方もないラッパズボンを批評して「オペラヘイタイ」と称して軽蔑していた。彼の説によれば、立派な兵隊は、桶の胴のような胸を持ち、おしゃべりであってはならないのだった。実際、ドイツ水兵は饒舌家揃《じょうぜつかぞろ》いであった。

私は窓からいつも観察するのだが、彼等は坂の下から二人ずつ上って来る。両手には陸上で一泊するための食糧の他に、どうして手に入れるのか、何人分かの食糧を抱いて来る。彼等は歩きながらも、顔を相手の方に向けて絶えず話しつづける。ホテルに来てからも、そこがロビーで、往来とちがうだけで、彼等は前の通り話しつづける。艦の中でも同じであろう。私はドイツ人種が多弁人種とは知らなかったので、呆《あき》れかえっていたから、エルバ氏の批評には全く同感であった。

彼は日本の戦争については、固く沈黙を守っていたが、私にだけは時々低い声で「ニホンカワイソウ」とささやいた。それは、大戦果大戦果で日本中が有頂天の時であった。

ホテルで、マジット・エルバ氏に好意を持っていたのは、私の他に老マネージャーであった。この白髪の好人物は、パパさんの愛称で内外人に愛されていたが、ホテルの持主の義弟で、その持主は没落しかかっていた。そしてホテルは既に新しい経営者の手に移っていたが、パパさんの人望は高く、この老人を首にするなら、わたし達も出てゆくという、女客達の強硬な申入れのために、老マネージャーは元のまま深夜まで働いていた。月末が来ると、この善人はマジット・エルバの勘定を少なくするために心肝をくだくのであった。老人の長男は、少女のような妻と赤ん坊を残して既に戦死していた。私はストーブの傍にパパさんとマジットが黙って椅子《いす》に掛け、心中互いにいたわり合っている姿をよく見かけた。私達三人は話が合ったのである。

ホテルの下宿人の中で日本人は殆《ほとん》どがホテルの食事に頼っていたので、彼等を食わせるだけでも、老マネージャーの苦労は並々ならず、その過労と、彼自身の悲運のため、一夜、気の毒な老人は、帳場の椅子に掛けたまま、心臓麻痺《まひ》で頓死《とんし》してしまった。その通夜《つや》の席に集った女達はみな泣いたが、中で最も大きな声で号泣したのはマジット・エルバであった。この異邦人は、死者の足の裏を自分の黒い額に押し当てて慟哭《どうこく》した。老いたる親友の厚情に報い得なかった彼は、せめて最後に、老友の足で額を踏みつけて貰《もら》いたかったのであろうか。

この難破船のようなホテルは、それから二年後に、跡形もなく焼けてしまった。戦後九年、エジプト人、マジット・エルバ氏の消息は全く絶えてしまった。

第二話 波子という女

神戸トーアロードの奇妙なホテルに居を定めた私は、一ヵ月も経《た》たないのに、一人の女と一夜を共に過し、それが発端で、戦争が終って日本が被占領国になってもまだ結末がつかず、とうとう前後四年間一緒に暮したのであった。

その四年間の、彼女とのおつきあいは、戦争を別にしても、私の精神を摺《す》りへらす歳月であった。

私は運命論者ではないが、戦争をしている国の人間は、誰でも少しずつ神秘的な精神状態になるのではあるまいか。波子という女との邂逅《かいこう》は、どうも何者かが彼女をぶら下げて来て、私の前にドサリと落したように思われてならないのだ。

しかし、苦労したといっても、東京の過去から逃げ出した私は、戦時とも思えない神戸の、コスモポリタンが沈澱《ちんでん》しているホテルに落ちつき、全身で何か新しい人生の出来事を期待していたのだから、女と遭ってからの苦労は、自ら買って出たものにちがいなかった。私は一夜おせっかいの種を播《ま》いたばかりに、その後の四年間、雑草のような苦労を刈り取らねばならなかった。

昭和十七年の冬、私は生れて初めての独り暮しに有頂天であった。

私の仕事はケチな軍需商人で、もう物資は極端に欠乏していたから、一日の大半は夢遊病者のようなブローカー達のホラを聞いて過した。私は毎晩のように、寒い海港をほっつき歩き、怪しげな酒を飲んだ。

そういうある夜、ホテルに帰ってロビーのトルコタタール人、白系ロシヤ人達と話していると、あるバーのマダムの長距離電話での話がつつ抜けに聞えて来た。彼女は電話の相手に「早う戻りいナ」とか「エーセーヤナア」などと言っている。私には後の言葉の意味が判らないので、エジプト人、マジット・エルバ氏に訊《たず》ねると、「ナンテマガインデショ」と言う事だと教えてくれた。電話をすませたマダムの話によると、神戸のバーで働いていた三人の横浜娘が、大阪の大カフエーの募集に応じて、ジャワのカフエー（その実、将校用慰安所）で働くべく、宇品《うじな》まで行ったが、乗船寸前に憲兵にストップされたという。その事情は、明日三人が帰らないと判らないが、とにかく「行くのやめたのはエーセー」であるというのであった。その翌晩遅くなってから、私はホテルに帰って、習慣になっているのでストーブの傍に行くと、新しい女が眼帯をして、私の顔をチラチラと盗み見るのである。眼帯で片眼がかくれているが、私にはその顔に見覚えがあった。そこであれこれと記憶の女を思い浮べた末、やっと「ああの女だ」と判った時、女がいきなり「センセイでしょう?」と言った。それが波子という横浜本牧《ほんもく》のチャブ屋の女であった。しかし、私と彼女とはそのホテルで、客と娼婦《しょうふ》という関係ではなかった。彼女が「センセイ」といったのは、彼女が初めて私に会った頃、私が歯医者であったからである。

これから話が神秘的傾向を帯びて来るのだが、昭和十三年頃のある日、私は俳句友達の渡辺白泉《はくせん》と共に、横浜の俳句友達、東京三《ひがしきょうぞう》（秋元不死男《ふじお》）を訪問して、京三に南京《ナンキン》料理（土地っ子はこう呼んだ）を鱈腹《たらふく》ごちそうになった事がある。その時、白泉も、浜っ子の京三も、横浜名代のチャブ屋を知らないというので、私は行きつけのチャブ屋Sホテルに案内した。案内といっても、ビールを飲むだけの事だが、まだ時間が早く、ホールが空いていたので、京三先生、生れて初めてのダンスをやるから教えろという。そして四辺鏡のピカピカの床の真中で、男二人がヨタヨタしている時、白泉が居眠りのままの格好で、ガーッと腹中の南京料理を床の上にぶちまけてしまった。京三と私は大いに狼狽《ろうばい》したが、カウンターにもたれて、男同士のぶざまな踊りを見ていた女が、新聞の束を持って来てサッサと始末してしまった。彼女は終始一言も物を言わなかったが、最後に向うへ行く時「チントーホーニン食べたネ」と言った。正しく「青マメエビウマ煮」を最も大量に食ったのは白泉であった。

その時の物言わぬ女が波子で、四年後に眼帯をして私の前に忽然《こつぜん》と現われたのである。

私は、逃げ出した筈の「東京」の亡霊にハタと顔を合わして、腹の底から落胆したが、忽ち持ち前のおせっかいから、眼帯をしているわけを聞いたばかりに、私の貴重な独身生活の計画は、ガラガラと音立てて崩壊してしまったのである。

昨夜の長距離電話の一方は波子であった。彼女は事情あって、横浜を去って神戸で働いていたが、横浜から少しでも遠く離れたくて、三人の仲間とジャワへ行く事にしたが、その仲間の中に、ゾルゲ事件の外人の一人と同棲《どうせい》していた女がいた。横浜憲兵隊は常に彼女を監視していたので、宇品から乗船という際《きわ》どい瞬間に、海外へ出ることまかりならぬとなったのであった。勿論波子も怪しい仲間と思われたのである。

波子の眼は、宇品の宿舎にいた頃から烈《はげ》しく痛み出したという。尚《なお》よく聞いてみると、神戸を出て宇品へ行く汽車の中で、眼が痛むという友達にハンカチを貸したという。

私は、夜中であったが直《す》ぐ親戚《しんせき》の眼医者に電話をかけた。そして明日にしますという波子を無理にその眼医者に連れて行ったが、私の想像通り、急性淋毒性《りんどくせい》結膜炎で、徹夜で二時間毎に薬を挿さねば失明するかも知れないという事であった。

私は波子を私の部屋に連れて来て、言われた通りの手当をして夜を明かしたが、彼女の眼は、全く濃い膿汁の中に沈んでいた。

私が徹夜で看病したのは、彼女が嘗《かつ》て白泉の「青豆蝦仁」を掃除してくれたからなのか。それだけの理由からなのか。

疲れてウトウトしている波子は、私が二時間毎にゆり起して眼薬を挿すたびに、かまわないでほしいと言った。かまわないでいれば、君の眼は明日の朝までにつぶれてしまうと医者が言ったではないかと言うと、「恩を受けたくないのです」とつぶやいた。

この言葉はひどく私を驚かせた。私に賤《いや》しい下心が無いとは言い切れないが、それよりも、今一眼を失うか助かるかの瀬戸ぎわで、男の親切が自分の苦労の種になるかも知れないという、その本能的な保身と、たとえ眼がつぶれても男とのトラブルから逃げたいという経験とに驚いたのである。

チャブ屋にいた頃の波子は、私にはただおとなしい無口な女と見えただけであったが、この女の心中には、常に男への不信が烈しく渦巻いていたのだ。しかもその時の波子は全《すべ》ての希望を失ってしまっていたのだ。

波子が横浜を一足でも遠く去りたかったのは娼婦が初めて経験した恋愛に敗れたからであった。この通俗小説はあまりに通俗であるので、私にはかえって奇怪に思えた。彼女の恋人は若い秀才の会社員で、彼が童貞であった事もこの娼婦の心をはげしくゆさぶって、とうとう彼等はあらゆる障害と戦った末に同棲する所までこぎつけたのであった。

しかし、通俗小説はどこまでも通俗的発展をせねばならない。型の通り彼の母と先輩が彼等を引き裂き、青年は満州の工場へ転任させられてしまった。波子は翌年の夏、単身で満州の恋人に逢《あ》いにいったが、横浜で結婚の許しを得るまで待つ事になって、しょんぼりと横浜へ帰って来た。そして「素人《しろうと》」に戻って、東京銀座の中華料理店で働いていた。（その頃私は、夜更《よふ》けの省線《しょうせん》電車の中で彼女と逢った事がある。）

そういう波子の所へ、ある日満州の青年から手紙が来て、それには「全て無き縁とあきらめてくれ」と書いてあった。どこまで典型的なのか際限がない。波子はその夜、満腔《まんこう》の呪咀《じゅそ》を横浜とその記憶に吐き掛けて、神戸へ向ったのであった。

東京の過去から逃げ出した私と、横浜の記憶から飛び出した波子は、かくして神戸の奇妙なホテルで邂逅したのだが、一度、ジャワ逃避行を決心し、それが失敗に終って、前借金（全て母親に贈ってしまった）の返済の責任だけが残った彼女にとっては、再び絶望だけが新しく、徹夜で看病などという親切ごかしの中年男には「青マメエビウマ煮」でも吐き掛けてやりたかったのであろう。

しかし、翌朝になって、眼から溢《あふ》れ出る膿汁は急に少なくなり、数日で恢復《かいふく》したが、波子は後年までその一夜の私のおせっかいに腹を立てていた。それというのも、波子はそのまま四年間、私の不断のおせっかいの被害者であったからである。

波子の通俗恋愛小説のやくざな作者は、彼女を失恋だけで解放せず、私と暮すようになってから一年後、死にもの狂いの汽車で横浜へ私達をおびき出した。そこで波子と恋人の同情者である「おばさん」に会わせた。波子はその「おばさん」から危く失神する程の話を聞いた。満州から来た絶縁状は、青年が会社の先輩に膝詰めで書かせられたもので、彼は続いて第二の取消しの手紙を送ったが、その時波子はすでに神戸を経てジャワへ行ったとかで行方知れずという噂《うわさ》等々、作者自身が聞いても本当にしないだろうと思う位の三文小説そのままであった。

しかし、波子はそれを聞いてからは、神戸に帰ってからも腑《ふ》抜《ぬ》けのようになって、一日に三度位、満州に行きたがった。そういう彼女を神戸に止めたのは、軍関係者以外渡航禁止と定めた当時の「軍」であって、表面おとなしそうでいて、思った事は必ず決行する波子も、サーベルには歯が立たなかった。

こうして私は、この心肝深く傷ついた娼婦と、戦争の最中の三年、戦後の一年を共に暮らしたのであるが、私のおせっかいの、何とかして彼女を守護しようという殊勝な決意も、少女時代から浮世の辛酸を舐《な》めつくして来た彼女には、ただただうっとうしく、愚劣にみえるらしかった。

その一方で、彼女が最も惧《おそ》れたのは、彼女の言葉で言えば「情が移る」事で、私を愛し出してはならないというのが、波子の固い決心であった。

私達は終日ぼんやりしている事が多かった。そういう私達には、波子の最も嫌いな貧乏も容赦なく迫って来た。波子の友達は皆バーで働き、それが終ると男と寝て、要るだけの金を得ているのに、彼女が同じ方法で自活しようとすると、髪をかきむしって悲歎《ひたん》する私の気持が、彼女にはどうしても判らないらしかった。

彼女がおせっかいな中年男から去らなかったのは、いつか満州の青年が現われた時、彼女が「素人」で押し通した事を、私に証明して貰いたかったからである。私は彼女が汚れようとして、私の力が及ばない時には「満州へ言うぞ」とおどかした。すると波子は首を縮めて舌を出すのであった。

心楽しまぬ時、波子はホテルにウヨウヨいる仔猫《こねこ》共を集め、順々に蚤《のみ》を取ってやる。そして、ポツリポツリと自分の生い立ちを語った。そういう日が続くので、私はその話の数々をすっかり覚えてしまったが、私は何度もせびって同じ思い出話をさせた。波子は幼い日の出来事を語る時、いつかその話の中に溶け込み、しずかに涙を流すこともあったが、その涙は、現在の危険な自活方法をも洗い流す効果があった。

波子は五歳の時父親を失い、埼玉の農家へ養女にやられた。養父は優しい人で、波子の短い髪を結ってくれたりしたが、養母は気性の激しい人で、波子が十三歳の時精神病院に入院した事もあった。養母は平素、近所の娘達に裁縫を教えていて、波子のしつけは大変きびしかった。それというのも、波子は「勉強」が大嫌いで、その代りには競走の選手であった。日頃から無口で、納屋《なや》の蔭《かげ》や牛小屋で独り遊んでいる彼女が、運動会となると別人のように活躍した。

十二歳の頃のある日、波子は弁当を持って登校しかけたが、田圃《たんぼ》に群れているドジョウをみると、そのまま田圃にかがんでドジョウを捕って遊んだ。正午頃、畦《あぜ》に脚を投げ出して弁当を食べ、空になった弁当箱に、捕ったドジョウを一杯入れた。そうして夢中で遊んでいるうち、かがみ込んだ鼻先の畦に、いつのまにか二本の脚が立っていた。恐る恐る下から上へ見てゆくとそれは養母であった。その時は罰に納屋に閉じこめられたが、養父が要りもしない鍬《くわ》や鎌《かま》を何度も取りに来た。養父は納屋から出てゆく時、お下げの髪を一寸《ちょっと》引張ったり、頭をポンと叩《たた》いたりした。甘《かん》諸《しょ》のふかしたのを二本、わざと置き忘れて出て行ったりした。

波子は、養母に厳禁されている木登りをどうしてもやめられなかった。養母は娘達に裁縫を教えながら、度々窓の外の木々を監視した。どんなにこっそり木に登っても、養母の異状神経にびりびり響いて、直ぐみつけ出された。そういう時、養母は縫物を投げ出して木の下に現われ、物干竿《ざお》で下から波子をつついた。娘達は窓側に集まってゲラゲラ笑った。波子はその娘達を憎んだ。

大屋根の端の鬼瓦《おにがわら》に股《また》がって、持ち前のアルトで唄《うた》うのも大好きであった。この物静かな少女の、奇妙なお転婆《てんば》は、彼女に毎月の生理が来るようになってからも止まらなかった。

十六歳の秋、村の祭の曲馬団を見物した日から、彼女は一座に加わる決心をして、毎日内緒で茶碗《ちゃわん》で酢を呑《の》んだ。練習場は牛小屋で、彼女はそこで逆立ちの稽古《けいこ》をはげんだ。見物人は牛であった。そしてある日とうとう曲馬団のテントの裏に廻って、一座の人相の悪い男に、自分を連れて行ってくれと頼んだ。その男は波子の身体をジロジロ観察した後で、翌日の夜明け頃、一座が次の興行地へ移動する前に、なるたけ沢山の金と、持てるだけの着物を持って来いと言った。波子は親達が寝静まってから、大きな風呂敷包《ふろしきづつ》みを作ったが、大切な翌朝は、生来の寝坊のお蔭で、その男に売り飛ばされないで済んだ。しかし、着物の包みは忽ち養母に発見されて、又々一日納屋に閉じ込められた。

波子が遂に家出に成功したのは、十六歳の冬であった。東京へ出て渋谷道玄坂《どうげんざか》のカフエーの貼紙《はりがみ》を見て、使って貰いたいというと、その風態から直ぐ家出人と見抜かれて断わられた。根性の強靭《きょうじん》な彼女は、その夜、カフエーの横町の、霜の下りた芥箱《ごみばこ》の蔭で夜を明かした。そして翌朝、又頼み込んだが、今度は交番から巡査が来て、埼玉へ連れ戻されてしまった。

それからも度々家を出ては連れ戻されたが、何度目かに、蒲田《かまた》のカフエーに住み込んだ時、養父も養母もとうとうさじを投げてあきらめたのである。そのカフエーで波子は土地の博徒に目をつけられ、その男に囲われたが、十九歳の姐御《あねご》は、銀杏《いちょう》返しに結って煙管《きせる》で煙草を吸わされた。

波子がチャブ屋に落ちたのは「親分」がばくちに敗《ま》けた金を作るためであった。この博徒と、横浜の実母は、毎月ホテルへ現われて金を持って帰った。それを救ったプリンス・チャーミングが彼女の恋人になったのだが、後年彼女の人生コースは曲り曲って、神戸のホテルで猫の蚤を取って暮すようになったのである。

それから四年後、波子は戦後の三宮駅で汽車の窓から這《は》い込んで、私に手を振りながら、実母の疎開《そかい》先へ帰って行ったが、間もなく横浜へ出て知り合った黒人兵と正式に結婚して、兵隊の祖国へ渡ったという噂である。

満州の青年の消息は一切判らないが、波子がアメリカへ渡る位だから、彼は生きては還《かえ》らなかったのであろう。

第三話　勇敢なる水兵と台湾人

そのホテルの私の部屋は、トーアロードに面した二階の二部屋であった。

トーアロードは、神戸の中央を、山から海へ横断するなだらかな坂道である。

私はその頃、閑散な商人であって、加納町《かのうちょう》に借りていた事務所にも、まるで顔を出さない日が多かった。

私の仕事といえば、朱色に塗られたホテルの窓に頬杖をついて、ぼんやり往来を見下ろすことであった。そういう私の、何かがつまっているような耳に、時々、遠くの方から歓声のごときものが聞こえた。それは坂の下の方で、トーアロードの上を横切る汽車に、ハチ切れる程に詰め込まれた兵隊の揚げる声であった。

私は四十五歳で、徴兵の最高年齢は、当時たしか四十二歳であったから、兵隊に引っぱり出される心配はなかったが、私の俳句友達は、私より年下の人が多かったから、もしかすると、汽車の窓から、神戸市民に別れの歓声を投げ掛ける兵隊達の中に、彼等の一人がいるのかも知れなかった。いや、その彼は、そういう時にも、窓に折り重なった戦友の後の方に、黙って腰かけているにちがいない。私の友達には、どんな時にも「歓声」を上げられそうな男はいなかった。

昭和十五年の京大俳句事件から始まる弾圧の後、沈黙を強いられた私達は、お互いに消息を絶っていたのだが、ある日、東京の三谷昭《みたにあきら》から葉書が来て、近く呉《くれ》の海兵団に入団するため、大阪で集合するので、その時、神戸の私を訪ねると言って来た。

昭は新興俳句初期以来、いつも私の同伴者で、京都の豚箱生活も同様であったが、大分前から、結核性関節炎に踵《かかと》を犯されていて、兵隊に取られるとは私も考えていなかった。

この年少の友には妻君《さいくん》があり、子供も一人いる筈であった。私は彼の葉書を手にした時からはじめて、戦争が私に被《おお》いかぶさって来た事に気がついた。

その日から間もなく、彼は私の部屋の扉を静かにノックした。おどろいた事には、彼は水兵になるというのにカーキ色の兵隊服を着ており、それには星の一つもない赤い襟章もチャンとついているのである。私はいじらしさに胸がふさがって物が言えなかった。彼も元来、言葉寡《すくな》い男だから、その夜、大阪へ行くまでの数時間、私達は殆ど黙って向い合っていた。その間、私は、結核病院で死んだ彼の母や、結婚話が破れた彼の妹や、東京から京都まで、わざわざ差入れに行った彼の妻君の事を考えていたのだが、それは勿論私の胸中のことであった。

昭が指定された集合地は、大阪駅の真暗なガード下であった。そこには近県の名を書いた札が立っており、それぞれの札に向って無数の若者と、大小の旗を持った見送人が立っていた。広いガード下は全く暗闇《くらやみ》であったから、見送人達は皆、一人一人の若者の顔に、顔をくっつけるようにして話した。暗闇は、その声々と、昂奮《こうふん》した若者達の発散する精気とで、無気味にふくらんでいた。

昭の見送人は私一人であった。

やがて「壮丁」達は暗闇の中を少しずつ動き出し、駅の構内へ吸い込まれ始めた。見送人達は最後の声を張り上げて叫んだ。水兵三谷昭の、カーキ色の兵隊服は、直ぐ見えなくなった。私は何か叫びたかったが、声は咽喉にからんで出なかった。

昭はその後、海兵団に入団した通知を寄越したきり、全く消息を絶ってしまった。私が友達の出征を見送ったのは彼一人であったから、その後私は海軍のニュースに特別に注意を払うようになった。プリンス・オブ・ウェールズとレパルスを同時に撃沈した時には、三谷昭と彼の海軍のために乾杯したかった。(何もなくて乾杯は省略したが。)

私は子供の時「勇敢なる水兵」という歌を習い覚えた。「まだ沈まずや定遠《ていえん》は」というのだから、日清戦争の歌である。私は戦争が終るまで、昭の事を思い出す度に「まだ沈まずや定遠は」と口ずさんだ。昭は生来、沈着な豪傑だから、いざという時にはやるだろう。いや勇敢なる水兵は、既にどこか熱帯の海底に多くの戦友と共に横たわっているかも知れない——。私の不吉な想像は日増しに悪くなってゆく海軍の戦況と共に、私の心中で具象化されていった。海底に横たわっている昭は、私達の交友が始まった当時のように、紺がすりを着て朴歯《ほおば》の下駄《げた》を履いていたり、最後に見たように陸軍新兵の服を着ていた。

その三谷昭が、戦争が終ってから、神戸まで私に会いに来ての話に、彼は呉から一歩も動かず、病院勤務で、一番上級の下士官になり、テーブルの引出しには、いつも羊羹《ようかん》が二三本しまい忘れてあったと聞いて、私はあいた口がふさがらなかった。まるでだまされていたのである。

私が三谷昭と暗闇の中で別れた頃から、私のホテルも「戦時色」が次第に濃くなって来た。県庁の外事課や私服の憲兵がのべつ出入りした。

事実、ホテルには、何を仕事にしているのか判らない白系ロシヤやトルコタタールやエジプト人などが居たし、大部分の客といえば、下宿しているバーのマダム達であったから、ホテルは「非国民」の掃き溜《だめ》のように見られていたのである。

こういう下宿人達の中で、私の隣室の住人、二十歳の台湾人基隆《キールン》だけは、模範的な「日本人」であった。道路に面した二階の彼の窓には、「ウチテシヤマム」という大きな文字が、細い紙片で貼りつけてあって、往来の人がホテルの窓を仰ぎ見れば、いやでもその文字を見なければならなかった。

彼は朝から晩まで国民服に身を固め、脚にはキリリとゲートルを巻きつけていた。国民服もゲートルも持ち合せない私は、忙しそうに出入りする基隆を、あっけに取られて眺めていた。彼が基隆と呼ばれるようになったのは、彼の遠大なる理想が、基隆市長になる事であったからで、台湾一の富豪を理想としない事は、利殖に長じた台湾人として珍奇と言わねばならない。

彼は比類なき掃除好きであった。従って一日に三度ずつ拭《ふ》き掃除される彼の部屋は、いつもピカピカ光っていた。彼は自分の部屋を磨き上げるだけで満足せず、閑《ひま》があると、国民服ゲートルの服装で、私の二部屋の拭き掃除をしてくれた。そういう時、私と波子とは、台湾青年の邪魔にならないよう、部屋の隅から隅へ移動するのであった。

同宿の私達は、この年下の台湾青年を、ひそかに敬愛しているようであった。基隆はどんなに金に困っても、ホテルの姐御から借りようとしなかったし、酒も飲まず煙草も吸わなかった。彼が姐御達の信用を博した最大の理由は、彼が全然、女に眼をくれなかったからである。その頃の神戸のバーでは、札びらを切った客が、マダムに女の取持ちを申し込めば、女達は絶対にノーと言えない仕組であった。ノーと言ったが最後忽ち職場を失うし、他の酒場で働こうと思っても、マダム同士の連絡が緊密だから、どこのバーでもお断りとなるのである。

そういうマダム達も、ホテルで同宿の男——といっても私を含めて二三人だが——が自分達のバーへ来る事をひどくいやがった。ましてその同宿の男がそのバーの女に関心を持つ事を嫌悪《けんお》した。姐御達は大変行儀が悪く、一様に男狂いであったが、その癖、先生と呼ばれる私にも、基隆と呼ばれる台湾青年にも、監視の眼はきびしかったのである。私は女と同棲していたから良かったが、基隆は姐御達の弟にされてしまって、例え彼にその気があっても、神戸中のバーの女には手が出せないのであった。

このホテルの隣組は中国人、台湾人が大部分であったから、防空演習の騒ぎは珍妙を極めていた。彼等は勿論日本語を解したが、日本語の号令を解する程、愛日本的でなかったから、腕章をつけた市役所の役人がいくら地だんだを踏んでも、戦闘帽をかきむしって癇癪《かんしゃく》を起しても、北京《ペキン》語、上海《シャンハイ》語、福建語、広東《カントン》語で笑うだけであった。

そういう時、大車輪で奮闘するのが、わが基隆であった。彼は自選の組長となって自前のメガホンを振り廻し、梯子《はしご》をかついだり、屋根へ上ったり、水に辷《すべ》って転んだりの指導振りであった。彼の号令は福建語であったから、彼自らが考案したものにちがいない。彼は苦心して、北京、上海、広東語の号令を作り、例えば「集まれ」というべき時には、四種類の号令を掛けた。

私達、ホテルの止宿人も、一部屋ずつが隣組の一単位だから出動する義務があるのだが、「非国民」の掃き溜だから、基隆に代表して貰って、誰も馳《は》せ参じる者はなく、皆、私の部屋の窓に折り重なって、バケツリレーを傍観するという不心得者ばかりであった。防空演習が終ると、基隆はいつも夜更けまでガタピシと自分の部屋の拭き掃除をした。それは彼が同宿の私達の非協力に、ひどく腹を立てている表現であった。

模範的青年基隆の商売は闇屋であった。彼の商品は、台湾から密輸入して来る、飴《あめ》とバナナの干物であった。船が着く度に、彼の部屋には石油箱五個位の品物が運び込まれるが、それは半日の間に姐御達が買ってしまうのであった。彼女達はそれを酒場の客に高く売りつけた。

基隆は商売が順調なので、私とマダム連中の賛成を得て、結婚する事になった。相手はデパートの売子であったが、彼女が「堅気」であるという理由で、姐御達は花嫁を可愛《かわい》がった。基隆は益々《ますます》拭き掃除に熱中した。

彼の商売振りがあまり傍若無人だったので、ある日とうとう生田《いくた》警察へ御用となった。彼は全然買手の名を白状しなかったが、同行された花嫁がしゃべってしまったので、ホテルの姐御達が七人、威風堂々と警察へ行進した。彼女等は、花嫁が口を割った事を、当の花嫁から聞き出していたが、警察では七人共、シラを切り通して、基隆を助けてやろうとした。しかし基隆は、花嫁が白状したと聞いてガックリ膝を折ったので、忽ち起訴され、一年の懲役で獄へ送られてしまった。残された花嫁は寛大なマダム達の庇護《ひご》を受けていたが、遂にいたたまれなくなり、実家へ帰って行った。

基隆は、ホテルの経営者に、有金全部を預けていたので、私が経営者に交渉して彼の部屋は一年間そのままにしておくこととした。私達は時々、差入れに通った。

それから半年後のある日、基隆は役務で、看守に連れられて、川崎造船所で働いている時、脱走してしまった。そこでホテルは忽ち捜査本部となり、ロビーには看守が溢れた。彼等は重大犯人を捜すように、皆顎紐《あごひも》を掛けて緊張していた。

私達は、基隆が捕えられれば刑期が一年延びること、二十四時間以内に看守に捕えられねば、捜査は警察に引きつがれる規則である事を看守から聞いた。マダム達は私の部屋に集って、莫迦《ばか》な青年が、一年の辛抱をしなかった事を口惜《くや》しがった。

基隆はその夜、同国の老人の家に潜伏しているのを探し出され、四、五十人の看守に包囲されたが、屋根から屋根へ跳び廻って闇の中へ消えてしまった。防空演習の彼の敏捷《びんしょう》さを知っている姐御達は、共有の弟の逃亡に莞爾《かんじ》としたのである。

翌日の午後、二十四時間が切れそうになって、看守達が警察への面子《メンツ》から一様に殺気立って来た時、中国人の老婆《ろうば》が私の部屋をコッソリと訪れた。老婆は私に、基隆が近くまで忍んで来ているから、ホテルの経営者に銀行代りに預けてある金を返して貰ってくれと言い、正《まさ》しく基隆の字で、「先生タノミマス」という紙片を私に渡した。私は経営者を呼んで、看守に秘密にして、金を返すように頼んだ。ところが、吉原の楼主上りで、肥大、豚の如《ごと》きこの男は、預かった金を横領するために、看守達にこの老婆を引き渡してしまった。

附近の物蔭で老婆を待っていた基隆は、忽ち看守に追いまくられ、阪急三宮駅の飲食店街で、折り重なった看守に捕えられた。

マダム達は、再び私の部屋に集って、経営者を罵倒《ばとう》したが、それは後の祭であった。今度は私自身、豚親父《おやじ》と交渉しているので、彼女達の悲歎を見るのが私にはつらかった。

波子は部屋の掃除をする度に台湾青年を思い出して、私のやり方が拙《まず》かったと非難した。私の弁解は道理に合っていたが、波子は「先生」と呼ばれる私には、基隆を助ける方法が考えられない筈《はず》はないと言い張った。その無茶が私にはこたえた。

戦争が終った頃には、基隆は出獄していた筈だが、私と波子は山の手に移転していたし、あの混乱の中で、彼を探し出すことは出来なかった。それでなくても終戦直後の神戸は、朝鮮人と台湾人の勢力争いから、毎日のように路上でピストルが鳴った。私はある日、占領軍の装甲自動車が、機関銃を撃ちながら黒い自動車を追っているのを見た。その頃、自動車を乗り回しているのは日本人ではなかった。

朝鮮人と台湾人は、それぞれ焼けビルを占拠して、連盟の看板をかかげ、屋上には彼等の旗を立てた。日本人は虚脱した眼でそれを仰ぎ見た。

彼等の実力闘争が、益々烈しくなった頃のある日、私は前後輪共にパンクしている自転車で街をゴロゴロ走っていた。すると人間を満載し、青天白日旗を掲げた、数台のトラックが行手に現われた。近づくにつれて、彼等が鉄兜《てつかぶと》をかぶっているのが見えた。その先頭のトラックの運転台の屋根の上の男が、突然「センセーイ」と呼んだ。基隆であった。私達は忽ちすれちがったが、彼は後を振り向いて、いつまでも両手を振っていた。私はボロ自転車から下りて、呆然《ぼうぜん》とそれを見送った。

それから数日後の新聞に、朝鮮人と台湾人との間に襲撃事件が起り、数名の台湾人がピストルで撃たれて死んだ記事が出た。

その記事の終りに、撃たれた台湾人の一人が、「バンザイ」と叫んで死んだと書いてあった。その男は基隆にちがいない——私はそう思った。

第四話　黒パンと死

神戸のそのホテルに、葉子というその女が泊り込むようになったのは、昭和十八年の春頃であったろう。

　そのホテルは今まで私が書いて来たように、半数以上の部屋は月極めの客、ホテル用語のオーバー・マンス、平たく言えば下宿の、それも女ばかりで、女と言っても神戸のバーで修業を積んだマダム級が多かったから、葉子というその女が、スーツケース一つでふらりと帳場に倚《よ》りかかった時、私は物珍しさに不覚にも足を停めた程であった。

　戦争の始まり頃で、市中では女の服装はもうモンペであったが、ホテルの姐御達は一様にスラックスを一着に及んでいた。そこへ現われた葉子は木綿のモンペで、春先ではあったが黒ずんだ紺のオーバーを着ていた。帳場で老支配人と話している彼女は、絶えずあたりに眼を走らせたり、髪に手を上げたりしてオドオドしていた。私はその外套《がいとう》の色と形を外《ほか》でも見た事があった。それは赤十字看護婦の制服である。この奇妙な国際ホテルに看護婦が迷い込んで来たのだ。

　私がその女に好奇心を感じたのは、私もかつて病院で働いていた事があって、看護婦という職業の人々の事を、相当深く知っていたからでもあるが、それ以上に直ちに私という男の注意をひいたのは、びっくりするような彼女の美貌《びぼう》であった。彼女は近頃の言葉で言う八等身であった。それでいてノッポではないのだから、彼女の場合は頭も顔も小さいのだ。

その小さい顔に、ハッと驚く程の大きな黒い眼が炎《も》えていた。私は後になってから、この眼をつくづく観察したが、その濡《ぬ》れたような異様な黒さは、特別に長いまつ毛のためであった。「後になって」と言うのは、私は彼女が一夜の泊り客だと思っていたのに、彼女はそのホテルの一番貧弱な室を借り受け、姐御達や私と同じように「ハキダメ」の住人になってしまったからである。

そもそも私が神戸という街を好むのは、ここの市民が開放的であると同時に、他人の事に干渉しないからである。誰がどんな生活をしていようと、どんな趣味を持っていようと、それはその人の自由であるとする考え方が、私の気性にあうのである。だからホテルの住人達もお互いはお互いを尊重し合って、小うるさい蔭口を聞く事はなかった。ところが、その看護婦が、ここに職もなく住みついたと判ると、姐御達が次々に私の部屋に現れて、「赤十字」の蔭口を播き散らしはじめた。その噂は要するに、彼女が赤十字看護婦として大陸で働いていたこと、身体《からだ》を悪くして除隊になったこと、四国に兄が一人あるがそこには帰られない事情があること、このホテルにいれば女である限り何とか暮してゆけることを聞いて来たこと等々、平凡至極で、私は姐御達がいきり立つ程の事はないと思ったからその通り言うと、マダムは口を尖《とが》らせて、最後の項目が怪《け》しからんというのである。妾達《わたし》はそれぞれバーで働いている。そのため憲兵がうるさければ一緒に寝ることもある。外事課にタダ遊びされても泣き寝入りしている。それに何ぞや――とマダムは自分の言う事の悲壮さに段々昂奮して来て――あの赤十字は私達と同じように寝坊はする癖に、昼も夜もロビーでトランプの独り占いをやってるだけだ――私は吹き出して、金を払って滞留している客なら、何も働かなくてもよかろうというと、姐御は、だから男は甘いと前提して、赤十字は第一日から老いたる支配人に、金は一銭もないと宣言しているというのである。

それを聞いた私は、そら始まったと思った。

又、あの好人物の白髪じじいの苦労が一つ増えたのである。彼は既に世界無宿のエジプト人、マジット・エルバ氏を背負っていて、その食堂伝票と宿泊伝票をホテルの経営者の前にゼロにするため、毎月末心肝を砕いているのである。（第一話参照）

私がそれを言うと、姐御は、それごらんなさいとばかり、あんな苦労にこの苦労が増えたらわれらの「パパさん」の寿命はちぎれるというのである。私は今更に因《いん》業《ごう》な経営者の豚のような身体を思い浮べた。

私と同棲している波子のごときは、マダム達の意見に全面的に賛成したばかりか、ズブの素人の癖に、からだを売って暮す了見が憎いなどと、呆れた事を付け加えた。しかし、その言葉の底には、自分の長い売春生活と、自分をそれに追い込んだ何物かに対する、烈しい呪咀が含められていた。

私は私の部屋が、そういう会議場になるのを好まなかったから、一人の気の毒な女性を君等が寄ってたかって退治するのは君達らしくないというと、彼女等は一斉に眼を光らせ、先生は彼女が美しいから味方をするのだ、私達は、私達が「パパ」と呼ぶあの老人の方が大切なのだと、大変なけんまくであった。彼女達は私の言葉につられて、思わず共通の本音を吐いたのである。葉子という女は、人の容貌に点のからいマダム達が嫉妬《しっと》する程の美貌であった。

私は姐御達をなだめるために、止宿人の赤十字がホテルでへんな商売を開業しないように注意する事を約束した。それと同時に、「パパさん」が無一文の葉子の食と部屋を保証したのは、老人の長男が大陸で戦死したからで、同じ大陸から帰った看護婦に、せめても恩返しをしたいからだろうと言ったのだが、私のこの想像は当っていた事が、後になって判った。

前にも書いたように、ホテルの淑女達は、何かというと私の部屋でおしゃべりをする事が大好きであったが、春がまたたく間に過ぎ、梅雨が忽《たちま》ち明けても、葉子だけは私の扉を叩いた事はなかった。女同士の直感で、波子が葉子に対して持っている根強い反感を知っていたのであろう。又一つには、誰からか、私が病院で働いていた事を聞いて、そういう男の眼に現在の自分をさらす事がいやであったのであろうか。あるいは看護婦時代に何か医者とのトラブルがあり、その追憶を避けたのであろうか。かくして私の想像は低俗を極めたが、とにかく彼女が私を避けている事は私に深い失望を与えた。しかし私には貞操の不安定な波子を守護するという、自分で買って出た、へんな役目があったから、ロビーなどであいかわらず炎えている黒い大きな眼を、チラチラ盗み見て満足するだけであった。

神戸の夏は季節風の西風が吹く。

外の土地ではゲートルを巻いているのに、神戸の男はショートパンツでサンダルをはいている。夜は海風が涼しく、山の手の街角には白系ロシヤが三、四人影のように佇《たたず》んで、いつまでも何か話し合っていた。

そういうある夜の事、私は街角に立っている葉子とナターシャという同宿のロシヤ女を認めた。彼等は私に気がつくと瞬間に顔をそむけたが、私は夜目にも派手な葉子のワンピースが、海から吹き上げる風にあふられて、ほっそりとした女体の線が現われたのを見逃さなかった。

彼女は開業していたのだ。

その頃の港には、ドイツの巡洋艦と潜水艦が、脱出の航路をアメリカの潜水艦に看視されていて、出るに出られず、豊富な食料品のあるままに、成す事もなく停泊していた。多くの水兵達は、缶詰や黒パンを盗んで上陸し、それを代償にして女を買っていたが、彼等が、どこかオドオドした素人の葉子に眼をつけない筈はない。その葉子はまた、自らを売ろうと待ちかまえていたのだ。ただ彼女は、絶望的な決心だけはしていたが、取引上に必要なドイツ語を知らない。看護婦のドイツ語ではこの取引は覚束ない。それを見ていてナターシャが黙って引込んではいなかった。

このナターシャという四十婆を、私は止宿と同時に一目見た時から憎悪していた。

しなびた顔も、真赤な口紅も、教養あるその英語も、悪達者なその日本語も、煙草《たばこ》を吸う時の指のはね方まで、つまり何から何までが嫌いであった。そのロシヤ婆が、開業した葉子のブローカーであった。このコンビは毎夜、同じ街角に立って、暗い海の方を眺めながら、缶詰や黒パンを待っていた。新しい職業を得た葉子は、相手の水兵を捕えると、ナターシャをお供にして、自分の部屋に客を連れ帰った。そういうある夜、ナターシャは食堂に一人残って、ゆっくりと黒パンにバターをつけ、一番小さい缶詰からオリーブ油漬の鰯《いわし》を取り出し、それをパンに乗せて、小指をはねた持ち方でそれを持ち、満足そうにそれを食っていた。

葉子の部屋の方からは、近頃はげしくなった彼女の咳声が洩《も》れて来た。私はナターシャを詰問《きつもん》した。あの咳声を聞け、あれは汝《なんじ》が黒パンとオリーブ油漬鰯を食っている間も止め度がないではないか。汝はあの哀れな女、汝の国のドストエフスキーの小説に出て来るにふさわしい女を、毎夜街頭に連れ出し、ドイツ水兵に売って、そこにそうしてゆっくりゆっくり食事をなしている。汝は肺病の彼女から血を吸う蝙蝠《こうもり》の如き女である。汝にはあの苦しげな咳は聞えないのか等々。

それに対するロシヤ婆の答は、気味悪いほど叮嚀《ていねい》な英語で、妾が毎晩彼女を売りつけてやらねば、彼女は首を縊《くび》らねばならないだろう、というのであった。そう言いながら婆は手で首の廻りに縄を巻きつける真似《まね》をして見せた。私はその時のナタ－シャのおだやかな微笑を忘れない。

私は、病人を医者にかけろとだけ言って部屋に帰ったが、波子には何も言わなかった。口癖にみんな死んじまえばいいんだという波子に、その夜の出来事は喜劇にすぎないのだから。

その翌晩、私は同宿の、も一人の男性である病院長の部屋を訪れた。私達が話したのはその夜が初めてであったが、医師は快く私と共に菓子の部屋へ行ってくれた。私は先《ま》ず菓子を食っているナタ－シャを追い出し、ロビ－で医師の返事を待った。結核の妻君を高原療養所に送って独り暮しをしているその医師は、間もなく私の傍に来て、あと一ヵ月位と言い、又病人が波子に貰《もら》ったドイツの咳薬を服用していることを告げた。咳薬のことはひどく私を驚かせたが、これも波子には何も言わなかった。

私は老支配人と相談して、四国へ電報したが、五日後に来た返事には「ユケヌヨロシクタノム」とあった。

初め葉子に強い反感を示した姐御達も、事態がこのように切迫して来ると、蔭でいじめただけに狼狽し出した。その頃、滅多に手に入らない卵が、箱で病人の部屋にとどけられたりした。そしてある日、彼女達が一度に私の部屋に来て、費用は彼女達の負担にして、気の毒な病人を入院させてくれと言い出した。

こうして葉子は、同宿の医師の紹介で、神戸から一時間ばかりの所にある病院に入院した。付き添って行った私は、自動車の中で瘦《や》せ細った腕に二度強心剤の注射をせねばならなかった。病人はもう何も言わず眼を閉じ、長いまつげがますます長く見えた。

葉子が死んだのはそれから十日後であった。臨終には当直の医師と、彼女の元の職業であった看護婦が立ち会った。

私とエジプト人と老支配人が火葬場へ彼女を運び、小さい壺《つぼ》に骨片を入れて帰った。

四国からは、いずれ遺骨を受取りにゆくから、それまで預かって貰いたいと言って来たが、そういう物をホテルに置けないから、お寺に預かって貰った。四国からは一年経《た》っても引取りに来なかった。

その後、第一回の神戸空襲で、その寺も焼け、葉子の骨は再び焼けて跡形もなくなった。

パンパンという言葉が氾濫《はんらん》したのは、葉子が死んでから三年後のことである。

第五話　月下氷人

神戸の、奇妙なそのホテルの止宿人達は、戦争中、配給手帳の有無で、その貫録を評価していた。ところが、レッキとした配給手帳を持ちながら、原井さんだけは誰にもエタイが判《わか》らなかった。その原因の大半は、彼女の平べたい容貌にあった。それは明らかに大陸の胎によって産出された容貌であった。他人の事には干渉しない筈のバーのマダムの一人は、日頃の不審を解決するため、わざわざ帳場に保管してある原井さんの配給手帳を調べたが、それには彼女の本籍がチャンと大阪市川口にあったのである。大阪市川口まで調べて、それで「やっぱり日本人やった」と安心する所が姐御らしい間抜けであって、大阪川口は明治以来、大陸商人の商業区域である。原井さん自身は、川口に伯父がいるとだけ私に語った事がある。

姐御達が何故《なぜ》、神戸仁義に反して、原井さんに拘泥《こうでい》したかというと、それは容貌だけでなく、他の姐御達の、国際都市の酒場女になり切ったつもりのモラルが、原井さんのそれにくらべると、てんで比較にならぬ程、原井さんのモラルは桁《けた》はずれに崩壊していたからだ。

原井さんは、完全無欠なその日ぐらしであった。昼間は何も食わずにグウグウ寝ていて、夜は知合いの酒場を転々として、そこで臨時女給をしていた。当時、神戸のバーの女といえば娼婦《しょうふ》を意味していて、彼女とても、毎夜、小使銭にさえなれば、誰とでも取引をしていた。誰とでもといっても、彼女のぺちゃんこの顔は日本人に向かないし、彼女自身、ドイツ語を自由に話したから、相手は巡洋艦と潜水艦の水兵達で、彼等は総員協力して彼女のドイツ語の進歩に貢献したのであった。

彼女の外国語をマスターする卓抜した能力は、到底日本人のものではない。姐御達は勿論《もちろん》それに嫉妬したが、私がそのホテルに住みついた頃はイタリー語だけであった彼女が、一年も経たないうちにドイツ語を自由にあやつっているのに、私も亦《また》、むしろ無気味な感じを持ったのである。

原井さんは、外国語ばかりでなく、その日本語も清潔な標準語、それも上流家庭のものであった。神戸は言葉が実にきたない街だから、彼女の良家語は特に異様に聞えた。マダム連中は、ダラシのない原井さんが、芦屋《あしや》夫人のような言葉使いをするのにも反感を持った。しかし私は、彼女が小娘の頃、阪神間の良家に女中奉公したにちがいないと思って、出生と共に始まった彼女の苦労に同情する気持があった。

酒場のマダムや、そこで働く女達は、お互いを、チェリーとかメリーとか呼ぶ習慣であったが、原井さんだけは例外中の例外で、誰からも「原井さん」と呼ばれていた。そのことは、エタイの知れない彼女達の中で、最もエタイの知れない同性に対する畏怖《いふ》であった。しかし、御本人の方は、軽蔑《けいべつ》されていようが怖れられていようが、てんでノホホンで「波子さん、ごはん一ぜん余ってません?」などと、私の部屋を訪問するのであった。

戦争が苛烈《かれつ》になって、空襲こそまだなかったが、神戸の街も様相を変え始めた。原井さんの自由女給業も底をついて来た。彼女は空腹のため、夕方目を覚ましては部屋部屋を廻って食を乞《こ》うようになった。

丁度その頃、私の友人の老ドイツ人船長が、頼みたい事があるといって、スガ目の醜い老人を連れて訪れた。頼みというのは、この老人、およめさんがほしいのだという。話を聞いてみると、醜悪なこの老ドイツ人は、有馬《ありま》にあるドイツ海軍倉庫の番人で、倉庫には潜水艦、巡洋艦の大食いの水兵が、五年間食っても食い切れない程の食料があるという。

私はそれを聞くとたちどころに原井さんを推薦することに決めた。このブオトコなら、あのぺちゃんこ顔を、とやかく言うまい。破《わ》れ鍋《なべ》に綴《と》じ蓋《ぶた》という諺《ことわざ》もある。

そこで絶食睡眠中の原井さんをゆり起し、無理に化粧させて私の部屋に連れて来た。スガ目の老ドイツ人と、寝呆《ねぼ》け眼の国籍不明娘は、かくして一卓を中にして相互に鑑定し合ったのであるが、スガ目と寝呆けだから、介添の私には甚だ心許《こころもと》ない見合の感があった。

その結果は、老人の方はすっかり気に入ったが、原井さんは仲々ウンといわないのである。私は彼女が稀代《きたい》の「キリョウゴノミ」である事を忘れていたのだ。彼女は実質上の乞食《こじき》でありながら、おのれの趣味を守るためには、ドイツ海軍食糧倉庫の内容に、いささかの動揺も示さないのであった。その操守には敬服するが、この番人を逃がしては、彼女は明日にもホテルを立ち出《い》でて、芥箱《ごみばこ》をあさらねばならぬかも知れない。

そこで私は、別室に彼女を連れ込んで、波子と共に、彼女のモラルを転覆するため、力説これつとめたのである。その結果彼女は平べたい顔を極度にふくらまして、とうとう説得に屈し、有馬へ嫁入る事になった。

私と波子は、これで原井さんも、いつ終るか判らぬ戦争中「ごはん一ぜん余ってません?」と言わないですむ、ヤレヤレと安心していたら、その翌日「今日は!」と彼女が現われたのである。

小さな風呂敷包みに馬鈴薯《ばれいしょ》十ケばかり、南米のコンビーフ缶詰一ケ。「帰って来たわ」とケロリとしている。そして、あんなブオトコいやだと駄々をこねる。まさか、自分のつらを見ろとも言えないから、さんざん説教して、波子に有馬まで送らせた。

それからも、一日おき位にホテルへ来て、今度は缶詰類を持ち込んでいるから鼻唄まじりで、煙たい「センセイ」即《すなわ》ち私の眼を盗んで、美男の水兵とよろしくやる。

老いたる醜男は、嫉妬で顔を真赤にして、毒々しい息を吐きながら、私の部屋に突入して来る。おせっかいな月下氷人は散々の態《てい》であった。

かくして日独結婚は一ヵ月にも満たず解消して、原井さんはまた、平べたい顔でいつも空腹をかこつ身となった。

私は酒場女の仲人《なこうど》にはコリゴリしたが、何の因果か、敗戦後原井さんの結婚話に再び巻き込まれてしまった。

その頃、私は波子を守護して、空襲の危険を避けるため、山の手の方の、化物屋敷のような洋館を借りて移っていたが、原井さんは二度目の大空襲でホテルが全焼した時、落下する焼夷弾《しょういだん》の中を、私の家まで逃げのびて来たのである。そして、その日から彼女は半年の間、私の家族の一員であった。

彼女の二度目の結婚の相手は、敗戦後、彼女自ら探し当てたアメリカ軍のコックであった。流石《さすが》の原井さんも戦時中から引き続いての空腹にはへこたれたらしく、ある日、欣然《きんぜん》として帰って来ると、今度はほんとに結婚したからその兵隊に会ってくれといって、タイプライターで打ったその証書らしきものを見せてくれたが、その終りには牧師何某のサインもあった。

私は敗戦と共に、彼女の空腹が終った事を大いに祝福したが、その証書が真実のものであるか否《いな》かについては、大いに疑問があった。しかし、平べたい顔をほころばせて喜んでいる彼女には、私の疑問は言わないでおいた。

その翌日、彼女は四十歳位の小柄なGIを連れて来たが、いつもの彼女の「キリヨウゴノミ」にも似合わず、その兵隊は全然、猿の顔であった。敗戦の現実は、彼女の趣味を抹殺《まっさつ》してしまったのである。

見るからに狡猾《こうかつ》そうなその兵隊は、その証書について説明し、アメリカ兵隊が、いかに簡単に誰とでも結婚出来るかを、私に納得させようとしたが、私と話しているうちに、次第に私を苦手と感じたようで、帰る頃には甚だ浮かない表情の、猿の顔に変っていた。

原井さんは牧師も、証書も、信用しきっていたので、私の家を出て一部屋借り、そこへ訪問する猿を、花婿《はなむこ》として迎えることになった。

私は、彼女の空腹が癒《いや》され、幸福であれば、それで良いと思ったが、ある日遊びに来た友人のアメリカ将校に、預かっていたその証書を見せると、それは私の想像通りの偽物《にせもの》で、将校は軍事裁判に掛けると言っていきまいた。

私は、大学生から応召した、その将校をなだめるのに大骨を折った。彼にしてみれば、自国の兵隊がみすぼらしい日本娘をだまして、無料の娼婦にしているのは、アメリカの恥辱であるに違いないが、私としては、その猿を軍の罪人にすれば、原井さんの素性はかくし切れないし、何よりも彼女が飢えるのが困るのであった。私の家にも食糧は全然なくて、配給されたフスマを、いかに料理すれば食えるのか、途方に暮れていたのである。

私は勿論その猿面兵隊が憎かった。私はその時、アメリカ語で、そういう狡猾な人間を「スマート・アレック」と呼ぶ事を知ったが、その適訳を発見するため、どの将校、兵隊に訊《き》いても、納得が出来なかった。とにかく私は、証書が偽物である事は彼女に秘しておいた。私の心はその事で痛んだが、その傷はアメリカが癒してくれた。というのは、原井さんが、結婚した筈の「スマート・アレック」は、ある日、彼女に黙って除隊して、本国へ帰ってしまったからである。

他の女なら、恥辱と憤怒《ふんぬ》で泣きもしようが、そこは超特作のモラルの持主だから「何よ、あの猿野郎!」と言っただけで、当の原井さんは一向平気であった。彼女のアメリカ語は、長足の進歩を現していた。

その後原井さんは、アメリカ少佐のメイド兼臨時妻になって、大きな自動車でよく遊びに来た。

昭和三十年の今日はどうしているか、又々空腹を忘れるために、終日うつらうつらと眠っているのではあるまいか。

私は常々、自分のオセッカイ癖が、つくづくいやになるのだが、話を元に戻すと、ホテル時代に、も一つ月下氷人を勧めた事がある。

ホテルの横の路地に、広東人の王《ワン》兄弟が住んでいた。兄は六十歳、弟は五十歳位で、何とも形容の出来ない程にキタナイ、二部屋の巣窟《そうくつ》に住んでいた。

弟の王《ワン》は椅子《いす》直し業で、彼と私が友人になったのは、ある秋晴れの日、私が毎日一度ずつパンクする自転車の修理をしていた時からであった。彼には私が技師か何かに見えたのであろう、自分の家の電燈が十日も灯《とも》らないから直してほしいと申し出たのである。

私はその時、はじめて彼の巣窟に足を踏み入れ、その徹底した不潔と、暗さに呆然としたのだが、故障というのは、単にヒューズがとんでいるだけであったから、五燭《ごしょく》ただ一灯の電燈は直《す》ぐついた。

それからの、彼の私に対する尊敬は、非常なものであった。彼はあらゆる相談を私に持ち込み出した。一例を挙げると、彼は広東人の癖に、お大師様の信者で、戦争前までは毎年、春先になると、四国八十八ヵ所を遍路したが、戦争が始まってからは、旅行許可が要るとかでお遍路さんになれない、それを「センセイ」の力で何とかしてくれと、泣かんばかりに懇願するのである。そして、大阪の新聞が珍しがって書いた、自分の四国巡りの、ボロボロの新聞の切抜きを見せるのである。わたし、お金ありますといって、当時の百円紙幣の束を、きたならしい胴巻の中から、ズルリと引き出して見せたりするのである。こんなに長くお大師様に御無沙汰《ごぶさた》しては、きっと罰があたると歎《なげ》くのである。私は、罰なら、君を足止めした県庁の外事課員に当る筈だから、心配しないでもいいといっても、汚れたお遍路の制服に、ベタベタ朱印の押してあるのを、ゴソゴソ取り出して来てそれを着て見せるのである。私は彼の信仰には敬服したが、彼に代って外事課を相手にするだけの勇気はなく、折角の彼の信頼に応《こた》える事が出来なかった。

彼は思い切り悪く、お遍路さんでは、それからも度々私を悩ませたが、ある日、何物とも知れない赤い獣肉を、竹の皮に包んで来訪し、いきなり、およめさん世話して下さいと言い出した。彼の話を聞くと、かつて四国巡礼中に、女一人のお遍路さんに会い、およめさんになって貰って神戸へ一緒に帰ったが、二年後に死なれてしまった。

そのおよめさん、お大師様が授け給《たも》うた人だから「わたし、一所懸命大切にした」——そんなおよめさん下さいと、まるで私の掌の上にあるような事をいう。それからというものは、彼は私が必ず、およめさんをくれるものと信じ切っていて、まだかまだかと催促するのである。私はほとほと閉口して、しまいには王《ワン》の顔が三倍位に拡大して見えるようになった。

私も若い時、海外に出稼ぎに行って、広東人に親切にして貰った事がある。お大師様ほどにはゆかなくとも、王《ワン》の老後の孤閨《こけい》のために、誰か然《しか》るべき女性を探さねばならない。

当時の私は軍需会社相手の商人で、事務所も持っていたが、そこには、餓鬼のようなブローカー共が、一日中とぐろを巻いていた。私は彼等の中で、比較的世話好きらしい一人を選び、王《ワン》氏求婚の次第を相談すると、彼は立所《たちどころ》に引き受け、驚いた事には翌日チャンと事務所へ一人の女を連れて来たのである。

そのおよめさんは、四十何歳位で、見当もつかない茫漠《ぼうばく》たる表情であったが、ブローカーの説明によると、亭主に死に別れて、何々授産所にいる善人なりとの事であった。その説明の間、花嫁は終始ニヤニヤわらっていた。少し気味が悪く、知能の程も覚束《おぼつか》なかったが、私は又々月下氷人となって、王《ワン》の穴倉へ連れて行ったのである。

王《ワン》氏は大満悦であった。そして、その日のうちに、小ざっぱりした部屋を探して移り、その翌日からは、朝からドンツクドンツクと団扇《うちわ》太鼓を叩《たた》き出した。お大師様信者がドンツクドンツクは解《げ》し兼ねたので、わざわざ新居を訪問して訊いてみると、花嫁さんが法華《ほっけ》信者で団扇太鼓を叩くので、善良なるわが王《ワン》氏は、それに同調して共にドンツクドンツクと叩きながら、心中ひそかに、南無《なむ》大師《だいし》遍照金剛《へんじょうこんごう》を唱えているとの事であった。

この王《ワン》氏には、敗戦後、新円切替えの時、大変世話になった。彼は、制限以上で無価値になった私の紙幣を銀行に預け、翌日から毎日、銀行の窓口に、へばりついていて「うちの銭返せうちの銭返せ」とねばりつづけ、応対に根まけした銀行から、立派に通用する紙幣を受け取って来てくれたのである。

王《ワン》のおよめさんは、あまり熱心に団扇太鼓を叩いているうちに、狂人になって死んでしまったという事である。

第六話　ドイツ・シェパード

神戸が空襲でやられる日、それは確実にジリジリと迫って来つつあった。私はコスモポリタンのハキダメの、国際ホテルの止宿人であるが、みすみす判っている空襲をこのホテルで待つ気はなかった。さりとて、波子を連れて何処《どこ》に疎開《そかい》するあてもないし、せめて山の手の方へ避難する部屋だけでも借りておこう、そう思って山の手を探し、山本通四丁目に一部屋借りて置いた。そしてそのまま六ヵ月の間、私は毎月部屋代を払いながら、この風変りな人物の巣であるホテルに恋々としていたのである。波子はあいかわらず、ホテル中の猫を集めて蚤《のみ》を捕りながら暮し、私は僅《わず》かの物資を会社に納入して、ドイツ水兵から食糧を買って細々と、先のない生活をつづけていた。

私がいよいよホテルを引き払う決心をしたのは、十八年の夏のある日の事で、その日私は、遊びに来た友達のデンマーク人ベック氏と舞子《まいこ》へ泳ぎに行った。彼はデンマーク船の機関士であったが、船を獲《と》られてしまって、神戸に住みつき、メリーという酒場娘を日本妻にしていた。

私達二組の男女は、泳ぎ疲れてホテルに帰り、男二人は身体の塩水を洗うために、ホテルの裏の銭湯に行った。

ベック氏は彼の日本妻からベックちゃんと呼ばれていた。だから私達もその呼び方に従っていたが、混み合った銭湯の洗い場に突立った六尺豊かのベックちゃんは、少しも悪びれず、はにかみもせず、頭から何杯も湯をかぶった。流石に湯槽《ゆぶね》の中には入らなかった。

銭湯の客は、勿論このあたりの住人で、二、三十人の中、日本人は二、三人であった。脂肪ぶとりの中国人、台湾人、タラス・ブーリバのようなコサック人。彼等のそれぞれ異る国語が、狭い銭湯にワーンと反響した。素ッ裸の異国人達は、彼等の頭上から火の雨が降る日が近づいているのに、正々、堂々としていた。その中に、我々二、三の日本人だけが、タオルで大切に前をかくしてウロウロしていた。

しかし、私はこの銭湯風景を眺めているうちに、この隣人達は、いざという時一発の焼夷弾も消さないだろう事を、今更はっきり見てしまった。

私達はその翌日、ホテルを引き払って、山の手の家へ引越したのである。

その家は、明治初年に建てられた異人館で、ペンキはボロボロ、床はブカブカしていたが、各室二十畳敷位の、ガンガラガンとした部屋ばかりであった。

この家には若い画家一家が住んでいたのだが、私が引越してから間もなく、彼は徴用になって工場の社宅へ移ったので、私は僅かの家具を買い取って、その家の借主になった。

戦後、この西洋化物屋敷を、三鬼《さんき》館《かん》と命名したのは誰であるかしらないが、来訪した次の諸先生の中の一人に違いないのである。

三谷昭、石橋辰之《たつの》助《すけ》、東京三（秋元不死男）、石田波郷《はきょう》、山本健吉、永田《ながた》耕衣《こうい》、安東次男《あんどうつぐお》、榎本冬一郎《えのもとふゆいちろう》、平畑静塔《ひらはたせいとう》、橋本多佳子《たかこ》、鈴木六林男《むりお》、沢木欣一《きんいち》、其《その》他。

私は近辺の人に習って、花壇をつぶして野菜を作った。水洗便所の水槽の鉄蓋を開け、隣家の露人ワシコフ氏、仏人ブルム氏の分も流れ込んだ濁水を汲《く》み出して、大切に肥料にした。大きな防空壕も庭前に作った。廃屋そのままの家の、寺の本堂のような部屋に、波子と私は、言葉少ない日夜を送った。

家族は波子の他に、犬、猫、カナリヤ、鳩、簑虫《みのむし》であった。簑虫《みのむし》だけは秋の家族で、私達がお互いの後の壁に、大きな影法師を作って、黙って向い合っている時、大テーブルの縁から静かに現われ、卓上を簑を引きずって散歩するのであった。彼は、一ヵ月後に、私が元のアカシアの樹《き》に戻すまで、そのテーブルを離れなかった。猫は波子がホテルで飼っていたもの。二階のトタンのヒサシに糞《ふん》をしても、足で土をかける仕草をした。

カナリヤはドイツ潜水艦の水兵が、空気のテストをするために艦内で飼っていたもの。これをホテルで飼っていた時、その声にひかれて、どこからか恋人が飛んで来たので、籠《かご》を買って二羽になったもの。

鳩は生れ立てを人に貰った。二羽いた雛《ひな》を一羽だけ貰ったのだが、次第に生毛《うぶげ》が消える頃には、籠の中を好まず、部屋の中で勝手に遊んでいた。私が畑を耕していると、飛んで来て頭に止まり、鍬《くわ》を振るので頭が動くと、ジッとしていろと、くちばしで頭をコツコツとつついた。戦後、往来を通るアメリカ兵が、売ってくれといったが、鳩はアメリカ語が判るように、一散に家の中へ逃げ帰った。

私の予想した通り、三鬼館に移転して間もなく、神戸は二回の空襲で焦土と化したが、私の化物屋敷は焼け残った。

ホテルは、これも私の予想通り、焼夷弾の雨の下で、またたく間に灰になったが、土蔵だけが焼け残った。そしてその中には、ホテルの持主が逃げる時に閉じ込めた、十数匹の猫が、扉の内側に山になって死んでいた、ということである。

焼けるホテルから逃げ出した酒場のマダム達は、思い思いの手廻品をぶらさげて、十数人がドッと三鬼館になだれ込んだので、私は再び、奇妙なホテルの再現の中に暮すことになったのである。

彼女達の空腹を救ったのは、私が手に豆をこしらえて作った馬鈴薯であった。又、エジプト人マジット・エルバ氏が、どこからか拾って来る、丸焼けの鶏であった。

避難者の中に、赤ん坊を抱いた女がいて、空襲の脅怖で乳が止ってしまった。私はその日から、それでなくても絶対に手に入らないミルクや粉乳を、焼けた街から探し出さねばならなかった。その赤ん坊を救ったのは、中国人椅子直し君であった。

彼は、彼の月下氷人である私に、焼野原でバッタリ際会し、私の話を黙々と聞いていたが、その日の夕方には、はち切れそうな乳をぶらさげた中国婦人を連れて来てくれた。彼女は空襲で赤ん坊を失い、乳が張って泣いていたのを椅子直し君が探し出したのである。中国婦人は、一日数回、乳を与えに来ては泣いて帰った。

避難した姐御《あねご》の中にナオミという、大きな女がいた。彼女は半島の産であったが、その事を、ホテルにいた頃から内緒にしていた。私が彼女の秘密の素性を知ったのは、深夜三鬼館の、私の隣室に寝ている彼女が、彼女の生れた土地の言葉で、はっきりした寝言を言ったからである。その寝言を聞いたのは、私ばかりでなく、ホテル以来の彼女の友達数人であったが、私達は一切その事に触れようとしなかった。三鬼館の避難者達は、一、二ヵ月の間に、殆《ほと》ど落ちつく所へ落ちついたが、ナオミは他の二、三人と共に私の家に残っていた。

終戦発表の日、天皇の放送を聞いて、声を上げて慟哭《どうこく》したのはわが家ではナオミ一人であった。隣家の滞日三十年の老仏人ブルム氏も、私が放送の内容を話すうちに、しずかに涙を流した。私は後になって、老フランス人の涙の性質を考えたが、それは日本の敗戦を悲しむ涙ではなかった事に気がついた。しかし、放送を聞いた時の私は、泣けない事を、ナオミやブルム氏に少しばかり恥じた。波子は悲しみの涙というものを絶対に流さないで、それに堪え得る女だから、この時も嘔吐《おうと》しただけで、泣かなかった。

ナオミの恋人はドイツ潜水艦の料理人、オットーであった。彼等ドイツ水兵、将校は、戦争の時には六甲ホテルにいたが、戦時中、戦後にかけて、彼等はその時々の世界の戦況につれて、甚だ変化に富んだ取扱いを受けた。

先ず最初は「盟邦」という事で、日本脱出をはばまれた彼等は、日本海軍の賓客として保護を受けていたが、ドイツが敗北すると共に、彼等は昨日までの保護者の俘虜《ふりょ》となり、日本が敗北すると、今度は三転してアメリカ軍の俘虜となった。しかし、居住は常に六甲ホテルであった。

アメリカ軍はドイツ兵に対して大いに寛大であったらしい。何故ならば、ナオミの恋人オットーは、夜九時頃に友人を連れて六甲山を徒歩で下り、数里の道を三鬼館まで急行し、ナオミを中心にして深夜の会食を催し、再び夜を徹して六甲山へ帰ってゆくのが常であったからだ。私はオットー達の体力に驚歎《きょうたん》したが、さかりのついた犬のようにも思えた。

アメリカ軍は、ドイツ本国の分割が決定すると共に、益々寛容となり、ナオミは六甲山に小別荘を借りて、オットーと同棲《どうせい》することになった。ナオミの他にも、数人の日本娘が、恋人達に招かれて山を登って住み着いた。

すでに神戸の焼跡には、ビルディングが接収され、米軍用慰安所が出現し、数百の日本女性が、日夜働いたり食ったりしていた。私は終戦後、建築会社の渉外部長であったから、その種の建築物の内部に自由に立ち入れたのである。

しかし、六甲山上のナオミ達は、山を下りてドルを稼ごうとはしなかった。ボツボツドイツ兵帰国の噂《うわさ》があったが、それでも彼女達は、貧乏なドイツ兵達にしがみついていて、山の下のドル稼ぎ共を軽蔑していた。ナオミ達は実際に、ドイツ兵達から、一銭の金も貰ってはいなかった。のみならず、彼女達は焼け残りの衣類を持って山を下り、黒ん坊相手のパンパンに高く売りつけ、お土産にアメリカ煙草を買って、山上の恋人の許へ帰るのであった。

私はある日、オットーやカールに招かれて、六甲へ登り、山の小道で、恋人と散歩するマヤの姿を見た。マヤの恋人は、神戸空襲で両脚を吹きとばされたドイツ将校であったから、彼女の散歩はイザリ車に恋人を乗せたものであった。私は直ぐ昔の芝居を思い出して、彼等の姿が曲り角で見えなくなるまで見送ったが、マヤもその恋人も、そんな芝居は知らなかったにちがいない。

オットーはドイツ・シェパードの巨犬を飼っていた。私は多くの犬を見たが、オットーの犬のような、途方もない大きな犬は見た事がない。この犬は、ホテルの豊富な残飯で肥え太り、その胴体から山上の夏日を、さんらんと反射していた。ナオミはその犬を溺愛《できあい》していた。その愛し方は、しばしばオットーが嫉妬するような方法であった。

やがて、噂が実現して、ドイツ兵達は、横浜に集結して、祖国へ帰ることになった。イタリー人達も送還されることになった。驚いた事に、数人の日本娘が、彼等と共に、独伊へ旅立って行った。私が驚いたのは、この事を許可したアメリカ軍の寛容であった。それは明らかに白人同士の微妙な政策であった。

ナオミは、オットー達がいなくなった六甲山上で、巨大な犬と共に、尚《なお》二ヵ月程も暮していた。オットーは、無一物になったナオミに、シェパードを売って生活費にしてくれと言ったが、ナオミは恋人の追憶を、金に代えようとはしなかった。彼女は、山を下りて私の家へ来ても、犬が餓《う》えるからといって、いつもせかせかと帰って行った。

そのナオミがとうとう山を下りて、シェパードを一万円で(今なら十五万円であろう)台湾人に売った話を波子から聞いたのは、ずっと後の事である。

六甲山を引き払ったナオミは、しばらく私の家に現われなかったが、神戸には珍しく寒い、ある日の暮れがた、元町の大丸の前の電柱の蔭《かげ》に立っているナオミを私は見た。近寄ってみると、大女のナオミは頬を涙で濡らして泣きじゃくりをしていた。私は終戦放送以来の彼女の涙を見たのである。彼女は私の顔を見ると、安心して又しばらく泣いていたが、わけを訊《たず》ねる私に、今ここを、売ったオットーの犬が、自動車に乗せられて通ったというのであった。シェパードは確かに、奔《はし》る自動車の、硝子《ガラス》越しにわたしを見た、そして、硝子窓に跳びかかった——というのであった。

それは犬と旧主との際会という、ありふれた哀話にちがいないが、聞いている私にも、その巨大な犬が、ドイツ水兵オットーの変身のように思われたのであった。

私は慰めようもなく、寒い街を、彼女と共に三鬼館へ、おんぼろ異人館へ、爪先《つまさき》上りに帰って行った。

第七話　自動車旅行

さて話を空襲以前に戻し、再び奇怪なる国際ホテルについて語ろう。

私のホテル住い一年半程の間に、わざわざ私を訪問してくれたのは、二、三の紳士諸君であった。この人々は、当時の名状し難い汽車電車でクタクタになりながら、そのホテルに辿《たど》りついたのであるが、彼等がそのような難儀な思いをしてまで訪問したのは、私に会うだけの目的ではなかったようだ。彼等はもはや、絶望に面した国の、身心ともに困憊《こんぱい》した民であって、しかも、一様に生れながらの自由主義者共であったから、神戸のそのホテルの、漫画のようにデフォルメされた生活にあこがれて、はるばる訪れたのであろう。

最も遠くから、従って最も難儀をして訪れたのは、東京の白井氏であった。そしてこの若白髪の四十男だけが、私の俳句に関係のない人であった。

白井氏は、東京築地《つきじ》の回船問屋の長男であったが、子供の時からの冒険好きが嵩《こう》じて、大正年代にフランスに赴き、苦労して飛行機乗りになった。そして折から勃《ぼっ》発《ぱっ》した第一次世界大戦に、フランス空軍の将校として、滋野《しげの》男爵《だんしゃく》と共に従軍した。当時の日本には、軍人以外の飛行機乗りは二、三人に過ぎなかったから、大戦後帰朝した白井氏の生活は、絢爛《けんらん》たるものであったに違いない。しかし、生来の冒険好きと、自由愛好の精神に妨げられて、サラリーマンに甘んじ得なかったので、一切定職というものを持たなかった。

私がこの風来坊の冒険家と知り合ったのは、昭和十六年で、彼も私も当時の官権、なかんずく軍部という狂人共に、強い嫌悪《けんお》を感じていた。

また私達は二人とも国際的な「出来損い」の人間であって、渋滞に甘んじて安定を信じ、虚偽に慣れて良き家庭人と自称することが出来なかった。かくして、同気相求むる我等は、急速に結びついたのであった。

白井氏の第一回のホテル訪問は昭和十八年盛夏で、この冒険家らしいものであった。彼は東京から自動車を駆って神戸まで来たのである。

しかし、何の生業とて持たぬ彼が、自家用車を持っている筈《はず》はないし、まして、当時「ガソリンの一滴は血の一滴」という人間蔑視のスローガンが横行した時代に、ガソリンを十缶も積んで乗り着けたのには、私は大いに驚き、かつ呆《あき》れたのである。開襟《かいきん》シャツに登山帽、ショートパンツにテニス靴の彼は、ホテルの私の部屋で水を一杯のむと、時間がないから舞子のあたりまで同乗してくれという。そして行先は九州博多《はかた》だという。これには二度びっくりしたが、急《せ》かれるままに運転台に並んで、彼の話を聞くと、自動車は東京朝日の航空部が軍から借りていたもので、それを返還する役を彼が横から買って出たのだという。

白井氏は戦争まで、自家用自動車クラブ、モーターボートクラブ等に関係していて、スピードマニアであったから、今度の長途自動車旅行も単に久し振りのドライブ旅行がしたいだけで、東京を飛び出したのであった。

舞子はまたたくまに通過した。

も少し先まで、姫路まで、と彼がいう。

姫路はまたたくまに通過した。

も少し行こう、鉄道線路を離れた町で、ウマイモノ食おうじゃないかという。

岡山から帰すから、今夜は片上《かたかみ》という漁村で魚を食おうという。そういう間も、彼は軍の小旗のついた自動車をブンブン飛ばすのである。

仕方がないから乗っていた。

炎天、眼がくらむ自動車道路を、戦争と軍の嫌いな中年男二人、軍の自動車で、軍のガソリンで、細長い日本の海沿いを、自動車をとどけるというだけの目的で、西へ西へとつっ走るのであった。

岡山県片上村で第一泊。酒のごときものあり、魚と言えるものもあったが、車の座席に満載したガソリンを、漁夫が盗みはしないかと、交代で一時間おきに見廻りに出る。これには往生した。

岡山からは是が非でも汽車で引き返そうと決心していたら、翌日、車は岡山駅のはるか南方を一散に走り抜けた。走り抜けてから、彼は初めて私に、岡山、山口、福岡各県の地図を示し、実は東京出発の時から、神戸で私を誘拐《ゆうかい》して、博多まで道連れにする計画を立てて来たという。

降ろせといってももう遅い。第一、帰りの汽車賃を持っていない。私は眼をつぶって降参した。眠くもあった。

その頃になって、私は旧フランス飛行将校の体力に驚歎しはじめた。彼は勿論居眠りをしない。もし居眠ったら、車は転覆、満載のガソリンに引火して我等は火達《ひだる》磨《ま》になる。だから居眠りはしないが、炎天の田舎道を疾駆しながら、一滴も水筒の水を飲まない。飲むのは私ばかりだ。彼は水を飲むと疲れるから飲まないという。腹が減ると、パンを切って天日で干したやつをボリボリ食うだけである。

戦時中、快適なドライブを望む程、夢想家の私ではないが、ジーンと灼《や》けしずまった国原を、きちがい馬のように疾駆しながら、干しパンを齧《か》じっていると、運転している奴《やつ》も同乗している奴も、生れる国と、生れる時代をまちがえた感が深かった。

第二泊は岩国市。ごちそうを食ったが、食いながらも、夜通しのガソリン警護が胸につかえて、何年振りの鮎《あゆ》の塩焼も、味もそっけもなかったのである。

その翌日も同じような炎天のきちがい馬。水筒の水とパサパサの乾燥パン。参謀本部の地図のありようはなく、駅で売っているような大ざっぱな地図だから無《む》闇《やみ》矢《や》鱈《たら》に道に迷う。そういう時、道を訊くのは助手即ち私の役目だが、寝不足と空腹に加えて、虚無がシャツを着たような我等二人は腹が立っているから、碌《ろく》な訊きようをしない。そこで二重に迷い込む。とうとう白井の莫迦《ばか》が「君の調査は不完全だ」

などと、これも気が立ってきた。

山口県の山中、道路に添って小川が流れている。その路傍の一軒一軒の前に、四《し》斗《と》樽《だる》が置いてあって「防火用水」と書いてあった。小川がドンドン流れているその前に。

又、背後に山々を負った小さな村々に、必ず火の見櫓《やぐら》ほどの、何々村対空看視哨《かんししょう》というものが建てられていた。裏山に馳《か》け登れば瀬戸内海が見えるような村に。

その夕方、下関の海峡では、自動車を渡船に積み込み、上陸するや又きちがい馬で、博多に着いたのは八時頃であった。

白井氏は「ごくろう様」といってニッコリ笑った。私も仕方なくほほえもうとしたが、頬の筋肉がひきつっただけであった。

それから半年後、折からみぞれの降る夕方、白井氏は、再び神戸のホテルを訪れた。今度は名古屋まで、新聞社の飛行機に便乗して来たということであった。彼が名古屋から神戸まで立ち通しの旅をしたのは、私に会う他に二つの目的があった。その一つは、その奇体なハキダメホテルの老支配人が、東京築地の小学校で、白井氏と同窓であった事が、博多までの自動車旅行中、私のホテル話から判明して、白井氏が驚喜して会いたがったこと。もう一つは、短く刈り込んだ頭髪は若白髪で真白ながら、顔の色艶《いろつや》は青年のような、四十五歳の白井氏が、国際ホテルにまつわる風流譚《たん》を私から聞いて、ありし日のモンパルナスの一夜を再現したかったのである。あるいは、これが、最大の目的であったかも知れない。そのためには、酷寒の上空を軽飛行機で、歯をがちがち鳴らしながら飛び、地上に降りてからは、地獄直行のような汽車に立ちつくして来たのである。

私はこの幼友達の二老人（もし四十五歳が老人ならば）の邂逅《かいこう》を珍しい事とは思ったが、不思議とは思わなかった。それというのも、私が東京で昭和十六年某月某日、古道具屋に売りとばしたガラクタの中の、ジャワ芝居の壁飾布に、三年後の某月某日、大阪の阪急百貨店の古玩《こがん》の一室で邂逅した経験があるからだ。日本はかくも狭い国である。運命もくそもないのである。

しかし、両氏の会合は、戦時という変調の中ではあるし、私という、両氏の友人を介しての事とて劇的といえない事はなかった。劇といっても人形劇の程度だが。

私は、パパさんと呼ばれるその支配人に、凍天を飛来した独身の旧友のため、旅情を慰め得る人物の選定をたのんだ。白井氏に依頼されたのではない。彼は江戸ッ子だから、負け惜しみが人一倍強くて、全身これホルモンの状を呈しながらも、決して敗北を告白しない男である。

老支配人と私は、共通の友のため、鳩首《きゅうしゅ》協議した。条件が仲々むつかしい。
一、性質善良なること。
一、プロに非《あら》ざること。
一、若きこと。
一、長身なること。(白井氏はのっぽである)
一、而して美貌《びぼう》なること。
今ならミス日本に選出されそうな条件だが、なんとこれに適格の人物が、私の隣の台湾人基隆《キールン》氏の、その又隣にチャンといたのである。いたことはいた。しかしプロでない人に礼を失した申込みは出来ないではないか。彼女は、かつて喫茶店で働いていて、家族が多いのでホテルに下宿した。しかし今は、将来の職業を考えて、映写技師たらんとして目下見習中である。いかに遠来の友のためとはいえ、我等の提案によって今回の臨時アルバイトが定職と変じたならどうするか。——と私が言った。

老支配人答えて曰《いわ》く「私がおねがいしてみましょう」——かくして東京から飛来した白髪の友人は、その夜凍った身体《からだ》が暖まったのである。

私は彼女が、同宿の姐御達とちがって、そういう失礼な申込みを受諾するとは思わなかった。彼女は当時御禁制の英語を私に習っていたのだが、礼儀も正しいし、頭も良かった。「条件」に適《かな》う美貌でもあった。私は彼女が白井氏接待の任に当ると聞いて、心中に冷たい風が一吹きした事を告白せねばなるまい。それは明らかに失望であると同時に、誇張していえば、泥中《でいちゅう》の蓮《はす》が吹き散る無惨《むざん》に心痛んだのでもある。

ただ、彼女が、さしたる収入もないのに、ホテル住いをしている事に、かすかな疑問があった。支配人が、大して懸念《けねん》もなく「おねがい」出来たのは、後で判ったのだが、彼女の方から「紳士」に限り、常々、接待の求めに応じることを、老支配人に申し出《い》でてあったのである。そして白井氏が初めての「紳士」ではなかった。私の「蓮散る痛心」は無用であったが、失望の方はいつまでも残った。

白井氏はその翌朝、当然だが夜が明けたような顔をしていた。妻もなく子もないこの自由人は、この娘さんが大層気に入って、有金そっくり老支配人を通じて娘さんに贈った由《よし》である。彼女はそれを貯金した。そしてその日もいそいそと、映写技師見習の仕事に出掛けて行った。

白井氏はそれからも、時々、空から現われた。彼は老いたる独身者の贈物らしく、乾燥野菜、缶詰、カキモチのたぐいを、娘さんへもたらした。彼女はそれらの非常食を、せっせと弟や妹に運んだ。彼女の貧しい家は、ホテルの直ぐ下の路地にあったが、幼い弟妹は、ホテルの姉に会いに来ることを厳禁されていた。

同宿のバーのマダム達は、その娘を庇護《ひご》していた。――という事は、彼女の生活様式を見て見ぬ振りをしていたのである。

私も姐御達に従った。私は彼女が、白井氏が飛来するたびに、彼を心から接待するのを知らない事にしていた。白井氏にもそういっておいた。だから彼女は、彼女の初等英語を、規則正しく進めてゆけたのである。それは私がホテルを引越す前日までつづいた。

私は空襲が近いのを予見して、山の手の方に移転したが、私の予想はまもなく当って、神戸全市は二度目の空襲で殆ど全滅した。

私のいたホテルは二度目の空襲で灰燼《かいじん》に帰したが、第一番に私の家に避難して来たホテルの女中さんに私が訊ねたのは、この娘さんの安否であった。女中さんは、私の英語生徒が空襲警報と同時に、ホテルを転がり出て自分の家へ走ったと語った。私はまだ燃え盛る街の、路上に垂れた電線を飛び越え飛び越え、彼女の家へ走った。

彼女の路地の前の空地は、スリバチ形の防火池になっていた。その池のコンクリートの縁に、隙間《すきま》もなく溺死体が並べてあった。

そこまで来る路上で、すでに私は多くの焼死体を見たのだが、少しも焼けたところのない、溺死体の姿は、周囲がまだ燃え盛っているだけに、むごたらしくて正視出来なかったが、もしやと思って池の縁を廻っているうちに、見覚えの夏服を着た、溺死体を発見した。

彼女は俯《うつむ》向けてあったが、幼い弟を右手に抱きしめていた。左手には私の同棲者波子のお古の、ハンドバッグがからみついていた。

そこまで見届けた私は、元来た道を一目散に走った。

途中で一度嘔吐した。

防火池をめぐる、生き残った者の号泣が、いつまでもうしろに聞えた。

戦後、白井氏の消息は判らない。

もしかすると、年齢を離れて愛し合った二人は、冥土《めいど》の一本道を自動車に乗って、突っ走っているかも知れない。

冥土に自動車があるか、ないか——。

第八話 トリメの紳士

前回では、戦争中の神戸の、ハキダメホテル滞在の私を訪問した紳士白井氏について語ったが、同じ頃にしばしばホテルを訪れた今一人の紳士和田辺水楼《へんすいろう》氏に登場を願わねば、私の神戸譚は著しく精彩を欠く事になろう。

辺水楼と私との交遊は昭和十二年頃からであろうか。彼は当時私の所属していた「京大俳句」に突如として出現した評論家であった。どのように突如であったかというと、ある日編輯者《へんしゅうしゃ》平畑静塔が「誓子《せいし》詩論の探求」という評論を未知の人から受け取ったのに始まる。その署名には和田辺水楼とあった。元々「京大俳句」は新興俳句陣の中でも特に知性人が多く、評論活動が旺《さか》んであったが、そこへ投入した無名の評論家の一篇は、その内容が、誓子という、当時飛ぶ鳥落す勢の巨人に、正面から挑みかかったものだけに、大きなセンセーションを捲《ま》き起こした。静塔はこの筆者を、俳壇の誰かの変名と考えた程であった。その上奇妙な事に、原稿の文字が、当時誓子のライヴァルとされていた、日野草城《そうじょう》の字にそっくりであった。しかも、草城、誓子は「京大俳句」の関係者である。編輯者は昂奮《こうふん》したにちがいない。そして、その一文が活字になる頃、執筆者は京大出身の新聞記者と判明し、同時に辺水楼は「京大俳句」会員に加わる事になった。この彗星《すいせい》のような評論に対して、当の誓子は「地図なき作品」と題する評論で応戦したが、その文中に「辺水楼（和田姓）氏は」と書いた事を考えると、誓子も亦《また》、辺水楼を誰かの覆面と疑ったのではないかと思われる。

かくして彼は颯爽《さっそう》として俳壇に登場したのだが、彼の熱情は文学への熱情であったから、文学の畸型児《きけいじ》俳句を熱愛するに至らず、昭和十五年の弾圧で、仲間と共に臭い飯を食ったのを最後に、俳句を離れてしまった。

　その辺水楼とは、私が東京にいた頃、お互いに長い手紙をやりとりしたが、私が昭和十七年冬、東京を脱出して神戸に来てからは、急激に親しくなって、他に友達のない私は、度々彼を新聞社に尋ね、彼も亦、神戸の私に会いに来るのであった。私達の交友は急に深まって行ったが、それは当時の私達の、はけ口のない憂悶《ゆうもん》を、お互いにぶちまけ得る相手として、お互いが貴重であったからだ。私達は仲がよかった。私達の文学的雑談に縁のない、彼の妻君《さいくん》や私の同棲者は、しばしば私達の友好に嫉妬《しっと》した程であった。彼女達は、私達の論争が全然理解出来ぬままに、彼が敗《ま》ければ彼の妻君が私を憎み、私が敗ければ波子が彼を憎んだ。それがおかしくて、辺水楼も私も無用の論争に時間をつぶした。そんな事でもしていなければ、いつ晴れるともない私達の頭上の曇天に堪えられなかったのだ。

　私も親切な男だと言われるが、彼の親切は一まわり大きかったから、お蔭を蒙《こうむ》ったのはもっぱら私の方であった。

　彼は戦争の初期、鉄道関係を担当していた。私は神戸から大阪までの、往復電車賃がありさえすれば、鉄道の建物の中にいる彼を訪れた。そこの食堂には、市中には影もないコーヒーと砂糖があった。辺水楼という男は、味覚に不感症だから、話に夢中になると何杯となく砂糖を入れる。私は席を立って別れる時、いつも彼のコーヒー茶碗を横目で見る習慣がついた。それには底の方にドロリと二匙《さじ》位の砂糖が沈んでいるのが常であった。

度々いうように、私の商売は物資の不足で閑散を極めていた。中古風呂桶《ふろおけ》を一打《ダース》、仕入値段の倍額で納入するというような、うまい商売はもうなかった。金がなくなると同棲者波子の貞操は危機に襲われる。そこで私は、風呂敷包みをかかえて大阪まで行き、仕事中の辺水楼を引張り出して質屋（大阪ではヒチヤという）に案内させた。彼は、市営質屋というものがあって、利子が大変安い事を教えてくれた。そしてその窓口で堂々と社名入りの名刺を出し、取材のような顔をして吏員を煙に巻き、帰りがけにサッと私の風呂敷包みを出すのであった。社名入り名刺の功徳《くどく》はいやちこで、私の質物は期限が切れても決して流れなかった。

私の衣類はことごとく、瞬《また》く間に大阪市保管となってしまい、波子の守護も覚束なくなると、私は新聞記者の時計をもぎ取り、あるいはカメラを略奪して、その持主に質屋まで案内させた。どんな時にも彼はいやな顔をしなかった。私は私の同棲者を、再び娼婦《しょうふ》に落さないのが、彼の義務でもあるかのように、人のよい彼を利用しつづけた。

その頃の冬の寒さは、栄養の悪い日本人には、こたえた。ある雪催《ゆきもよい》の日、私はかくし子のいる佐世保《させぼ》近くの漁村まで行かねばならない事になったが、金は何回かの弁当の芋代に足りる程度であったから、例によって鉄道館に辺水楼を訪れ、彼の持っている全線パスを借りる事にした。彼は私には底抜けに親切ではあるが、同時に小心翼々たる男である。彼は先《ま》ず社名入りの名刺を十枚も私に持たせる。車掌が怪しんだ時、必ずお名刺をというから、一枚でなく数枚を一緒に出せというのである。その次は私の上衣《うわぎ》を調べて、名前の小ぎれをナイフで引っぺがす。そして駅まで送って来て、百遍も「気をつけてくれ」というのである。私だって大胆ではないし、他人のパスで長い旅行をするのはいやである。しかし、彼の訓示は念が入り過ぎていると思いながら、寒い寒い二等車に乗り込んだ。

生憎《あいにく》、その二等車は満員であったが、そこはタダ乗りの弱味があるから食堂車の入口の待合室に席を取った。すると間もなく、同じように席のない人が来て、私達は二人になった。何しろひどい寒さで、勿論《もちろん》スチームはないし、流石《さすが》親切な辺水楼も酒まではくれなかったので、胴震いをしていると、同席の紳士が話し掛け、この寒さでは眠ったら必ず風邪を引きますから、ご迷惑でもお話をしながら参りましょう、あなたはどちらまで、ハアそうですか、それでは私と同じですという。私は大いに困った。今に名刺交換となるにちがいない。相手は車掌ではないから、本名を名乗ってもいいが、その後で車掌が来て、違う名刺を出さねばならなくなったら、この紳士を侮辱した事になるだろう。などと浮かぬ顔で震えていると、何も知らぬその人は果して名刺をくれた。仕方がないから私も、かの親切なる新聞記者の名刺を出すと、不運にも、彼の会社は新聞社の直《す》ぐ近くであり、あまつさえ、その新聞社には友人が沢山いるという。あなたは何部？　そうですか、では何某君とご一緒で、彼の細君《さいくん》は私の家内と友人で、二組の友人ですよなどという。貧乏な中年男の私は、不覚にもかくし子を作ったばかりに、これからの十数時間、足は氷のように、頭は火のようになって、この拷問《ごうもん》にかからねばならないのか、いつその事を白状しようか、と小心翼々は辺水楼ばかりではなかった。流石の辺水楼も社内事情までは訓示してくれなかったので、私はかかる憂目《うきめ》に遭ったのである。かくし子など持つものではない。

後日、大阪へパスを返しに行って車中の難儀談を話すと、辺水楼曰く「その男に二人で会いに行こうや」。そして冗談でない証拠には私からその人の名刺を受け取って電話を掛けた。丁度留守であったが、辺水楼が何故《なぜ》その人に会いたがったのか、十数年後の今もって私には不可解である。強いて解釈すれば彼の文学のなす業であろう。

昭和十八年の頃、東京には時々B29が現われたが、神戸は街全体がポカンと虚脱していて、市民にも国際都市特有の呑気《のんき》さがあった。私自身も何を考うるべきか、何を成すべきか取りとめがなくなって、小銭があると舞子から舟で釣に出た。その事を辺水楼が聞いて、その呑気さに感心し、ぜひ僕達を連れてゆけという。僕達とは辺水楼と彼の友人小谷氏の事である。

小谷氏は戦後、井上靖氏の小説「闘牛」その他に主人公として、しばしば現われる、新聞社の憂鬱《ゆううつ》な事業マニアであるが、小説以前のその頃は、勿論小谷氏がそのような人物とは知らなかった。

ある夏の夜、辺水楼はその小柄な、女のように柔和な小谷氏と一緒に、泊り掛けで釣に行くべく、私のホテルに現われた。彼がわざわざ前夜から来たのは、恐らくそのホテルの面妖《めんよう》な宿泊人共の逸話を小谷氏に語り、その実地探索を兼ねていたにちがいない。彼等は懐疑派であると同時に、新聞記者でもあるのだから。

しかし、その夜のホテルには、彼等の期待に添うような文学的事件は起こらなかった。夜中に、泥酔《でいすい》したメリーが、紙幣で脹《ふく》れ上った大ハンドバッグを、例によって私の部屋に投げ入れて預け、ついでにシュミーズ一枚で私の背中に馳け登り、ジョセランの子守唄《うた》を唄えと強要した位のものだ。

翌日私達は、舞子で船頭附の小舟を雇い、釣に出たのだが、私の針にかかるのはトンコチという、頭でっかちで肉のない醜悪な魚ばかり、辺水楼が釣り上げるのはベラという、五色で綺麗《きれい》だが味もそっ気もない魚ばかりである。元々、この辺では、この二種類のろくでもない魚が釣れるだけだ。それでも辺水楼は珍しがって、三鬼の釣るのは雲助で、僕の釣るのはお姫様だなどと浮かれていた。ここに哀れを止《とど》めたのは小谷氏で、後年の井上小説の、幽鬼のような主人公は、雲助にも、お姫様にも全然縁がなかった。

そのうち船頭は気の毒になったとみえ、章魚《たこ》釣りを試みようと言い、ザルの上に輪にして積んだ釣糸と、その先につけたカマボコ板を取り出した。カマボコ板にはイカの甲と、コールタールを塗った彼岸花の毬根《きゅうこん》がしばりつけてあり、板の先には鉛と大きな鉤がつけてあった。船頭の説明によると、この板を投げ込み、海底を曳きずっていると、コールタールと彼岸花の根の好きな章魚が抱きつくというのである。私達は章魚の嗜好《しこう》を発見した賢人に敬意を表しつつ、それぞれカマボコ板を頭上で振り廻して海中に投げ入れたが、船頭の注意にもかかわらず、辺水楼は釣糸の端を指に巻きつけていなかったので、章魚の抱きつく餌と糸は、あとかたもなく海中に没してしまい、懐疑派の手にはザルだけが残った。漁師は泣きそうな顔をした。

何をやっても面白い事はないのである。そこで三人は、生来の仏頂面《ぶっちょうづら》にかえり、舟を陸につけさせたが、その砂浜で、あらゆる魚族に振られた小谷氏は、プラチナのウオルサム時計を拾った。大漁というべきである。但《ただ》しその時計は、それを聞いた近所の漁師が現われて、昨日来た釣の旦那《だんな》が落した物だといってサッサと持ち去ったのだから、小谷氏の得たのは憂鬱の塊だけであった。

和田辺水楼は六尺近い長身だから、栄養も人一倍必要なのに、ふんだんにあるのは鉄道館の砂糖だけで、おまけに大偏食だから、いつのまにか栄養不足で夜盲症《とりめ》になっていた。彼が人並の身長であれば、トリメなどという哀れな状態にはならなかったであろう。

彼は又、どういう理由からか、頭髪をグリグリ坊主《ぼうず》に刈り取ってしまい、ユラリユラリと神戸に現われて私を驚かした。ある秋の一日、この気の弱いグリグリ大坊主は、すでにホテルを引き払って山の手に移り住んでいた私を訪れて来た。私は例によって罵倒《ばとう》形式による女性礼讃《らいさん》論を彼に吹きかけたが、フェミニストの彼はこれも亦例によって、私の毒舌に我慢がならず、世にもかなしい顔をして抗弁するのであった。しかし、私達も亦戦時の日本人だから、大いに時局談も交したのだが、その日の論議は、当時軍が実施していた、夜戦の暗闇でも梟《ふくろう》のように眼の見える兵隊養成についてであった。この論題は巨大なトリメ男には切実極まるものであった。

やがて夕方になって、彼は風呂に入る事になり、炊事場の外の湯殿に行った。その湯殿の戸口に並んで、裏二階に昇る階段の戸口があり、裏二階には洋裁学校の女教師が住んでいた。

彼女はすでに戦争未亡人であって、学校通いの都合で、婚家を離れていたのだ。偶々《たまたま》その日、亡夫の老母は嫁の独り暮しがどんな状態か、心配してたずねて来たが、日暮れの薄くらがりで、大きな屋敷の裏口がどこにあるやら、途方にくれて言葉もなく佇《たたず》んでいた。

私はそんな事は知らず、飼っていた数匹の蓑虫を卓上に這《は》わして、波子とぼんやりしていると、戸外に「ヒエーッ」という悲鳴が起った。跳び出してみると、見馴《みな》れぬ白髪の老婆《ろうば》が、恐怖の眼をカッと開いて、湯殿の前の板壁にへばりついてガタガタ震えていた。老婆の前の思いがけない戸口がひらいて、長身六尺、すっぱだかの大坊主が忽然《こつぜん》と現われ、トリメの悲しさ、両手を前に突き出して、子を捕ろ捕ろの姿のまま、老婆の悲鳴にびっくり仰天、ウロウロドタドタ「サンキイ、サンキイ」と呼んで助けを求めるのであった。

この紳士、今はパナマ帽などかむり、かつてのトリメが今は一町先のほっそりとした人影も見あやまらず「来た来た」などと、友達を放棄して突進するのである。

この弱気のフェミニスト、戦後は私の激励に応《こた》えて急に強気に変じ、むやみに事件を起すが、その後始末は必ず私にさせるのである。どこまでつづくぬかるみぞ。

第九話　鱶《ふか》の湯びき

私は「神戸」の話を既に八回書き、これからも書くのだが、何のために書くのか、実はよく判《わか》らないのである。読者を娯《たの》しませるためなら、事実だけを記録しないで、大いにフィクションを用いるだろう。しかし、頑強に事実だけを羅列していたところをみると、目的は読者の一微笑を博したいのでもないらしい。しからば稿料であるのか。残念ながら「神戸」一篇の稿料は、毎回の徹夜を意に介しないほどの魅力を持たない。

かくして、ようやくおぼろげながら判って来た執筆の目的は、私という人間の阿呆さを公開する事にあるらしいのである。だから、私のくだくだしい話の数々は、何人《なんぴと》のためのものでもなく、私にとっても恥を後世に残すだけの代物《しろもの》である。しかし私は、私が事に当るたびに痛感する阿呆さ加減を、かくす所なくさらけ出しておきたいのである。

私はワイルドも、ルソーも、芥川龍之介も、懺悔《ざんげ》録《ろく》に関する限り信用しない。信用はしないが、彼等がそれを書いた気持、書こうとした気持だけはよく判る。誰よりも判るといいたい位に判るのである。

さて私は本篇の第一話に「東京のすべてから遁走《とんそう》して神戸に来た」と書いたが、最大の理由は、私自身の阿呆さ加減にひどく腹を立てたからである。それも事に当ってヘマをやったというような事でなく、私の性格の中には、誰も納得してくれない阿呆性が厳存しているのである。これは子供の頃から少しずつ判って来て、四十歳を過ぎる頃からは、「わが一生は阿呆の連続ときわまったり」と覚悟をきめるようになった。

私は女の人に頼まれて、その人に子を産ませたのだ。

その人とは昭和九年に東京で知り合い、まもなく普通の知り合いでなくなったのだが、私には妻と一人の子があった。だから私は、私の血の流れ伝わる子を、相手が誰であろうと、もう一人産ませようとは思わなかった。その頃の私は、昭和十年秋に肺患に罹《かか》り、一時小康を得たが、昭和十三年春、再び重態に陥って入院、危篤《きとく》という有様であった。その間、その人は、昼間は他の病院に勤務し、夜はしばしば徹夜で私を看病してくれたのである。その人（などとよそよそしい呼び方をすると、これを書いている今も、台所で何かコトコト刻んでいるからあとで憤慨するだろう。では名前をはっきり書こう。絹代である。）には、長崎近くの海辺の生家に両親があって、長女の彼女が東京から帰らず、婚期を過ぎようとするのに、結婚の話をうけつけない事を歎《なげ》いていた。

私の病気は奇蹟《きせき》的に癒《なお》って、昭和十四年には、職業を変えて会社に関係したり、商売を始めたりしたが、一度覗《のぞ》き見た死の深淵《しんえん》は、眼をつぶりさえすればいつでもありありと現出した。私を死から引き戻してくれたのは、ひどい麻薬中毒の医者と、看病した絹代である。

昭和十五年八月末日の未明、私は京都府警察部のお迎えと共に家を出て、しばらく京都で過したが、絹代という女性は私を相手に定める位だから、少し好人物の所があって、私がとぐろを巻いていた松原警察署の署長宛《あて》に、三日にあげず歎願書を送るのには閉口した。閉口したのは私ばかりでなく当の署長で、彼は警察本部の特高から、うるさい人間を預かって取扱いに苦労している所へ、その留置人がいかに善人であって、大それた謀叛《むほん》など企《たく》らむ人物でない事を、自分の体験を主にして掻《か》き口説く絹代の手紙が後から後から来るのである。うるさいやら、くそいまいましいやらの彼は、その手紙だけはいつも自ら特高の部屋へ持参して、餡《あん》パンなど食っている私の前へポイと投げ出し、何か一言いいたいのだが、私がいかなる大罪人か判らないので、遠慮してガタピシと去るのであった。餡パンはその手紙を書いた人が、既に甘い物の少なくなった東京中を歩いて、やっと探し当てて送ったものであった。

その年の秋、私は京都から帰ったが、翌々年の昭和十七年春、私は途方もない難題を彼女から吹きかけられた。

子供を産ましてくれというのである。

驚いて理由をきくと、九州の働きものの老母が病気にかかり、それが子宮癌《がん》と診断が決まったが、本人も死期を感づいており、死ぬまでに孫が欲しいと、未婚の絹代を責めるというのである。彼女は元々母親思いだから、何とかして今生《こんじょう》のうちに、母の念願をかなえてやりたい、といって今から結婚の相手を探していては、癌の母の死までに間に合わないし、仮に結婚の相手がみつかったとしても、母に見せてやりたい子供が出来るかどうか判らない。

だから何とかして、母の死ぬまで（彼女は看護婦だから、それが一年以内である事を知っている。）に子供を産ませてくれと、眼の色を変えて要求するのである。

私は死にかかっている時、彼女に救われた。その返礼は一生出来ないと思っていた。今私にその機会が来た。それでは甚だ心元ないけれど、彼女のために、又彼女の死にゆく母のために、種馬となって一人の人間を創《つく》り出す事に協力しよう。若《も》し子供が生れたならかくし子になるのであるが、成長の後に、自分が人々に切望されて創り出された事を知ったら、許してくれるかも知れない。

阿呆はぼんやりとこう考えた。

春過ぎて夏、彼女は胎内に子を持った事に気がついた。生が死よりも早く来た。

私は絹代が両親にどういう手紙を書き送ったのか知らないが、父親からは母の死の前に「ムコどん」同道で一刻も早く帰れといって来た。彼女の「ムコどん」は四十三歳で、人の夫であり父である。

私は後年になってつらつら考えたのであるが、絹代が子供を産む事を望んだのは、果して母のためというだけの理由であったろうか。彼女も亦、一人の子を産むことで、も一人の女性に挑戦する資格を得ようとしたのではあるまいか。しかし、その時の阿呆は「償い」の事ばかり考えていたのだ。そして、そういう事になった自分に心底から腹を立てた。

私は断われない人から頼まれて子を産むことに協力したために、難儀はこれからスタートを切って、今日まで続くのであるが、その時は、私が「ムコ」として彼女と共に長崎くんだりまで行くのだといわれ、びっくり仰天したのである。私はあらゆる弁舌で、それが如何《いか》に無茶であるかを彼女に説いたが、既に自信の根源を胎内に奪略した彼女は、ニコニコとして「ムコどん」を連行する事に決めているのである。そして微笑の間々に涙を流すのである。私は空気の抜けた風船玉のようにしぼんだ。

世に「乗りかかった船」「五十歩百歩」「毒食わば皿まで」等という諺《ことわざ》がある。（隣国には「没法子《メイファーズ》」という言葉がある。）

昭和十七年秋、私は東京発九州行の汽車にぼんやり乗っていた。傍には大きな腹をした絹代が、大満悦の顔で窓外の景色を賞《ほ》めていた。彼女にとっては里帰り、しかも老母待望の孫を胎《はら》に持参しているのだ。

窓硝子に私の顔が写っている。私は眼をそらさずにその顔を見る。彼は口をうごかして何か物を言う。車輪の響の間々に、何かブツブツとつぶやいている。「こんな話聞いた事がない」とつぶやいている。

私達は門司《もじ》で一晩身体を休める事にした。

駅の旅館案内所に訊ね、薄ぎたない宿屋に着いた。火鉢には割箸《わりばし》がつきさしてあり、食事は旅館仲間の共同炊事で、そろそろ薄ら寒いのに、暖かい食べものは一つもない。コロモ沢山の鰯《いわし》の天ぷらを、その火箸代りの割箸にはさんで、乏しい火鉢の火を口をとがらして吹きながら、その上であぶり、ジュッともいわないのを食っていると、又も耳のそばでつぶやく声がした。

「こんな話聞いた事がない」

翌日の午後、私達は湖水のような大村湾に面した絹代の家に着いた。風景は絶佳であった。しかし此際《このさい》の私にとって風景が何の役に立つか。

私は彼女の両親の前に、両手をついて長い礼をした。何を言ったか、今は覚えていないが、多分何も言わなかったであろう。私は両手をついて頭《こうべ》を垂れて、しばらくそのままでいたが、その間に「これは変だぞ、こういう事は前にもあったぞ」と気がついた。

そしてその通りである。私は並大抵の阿呆ではないのだから、既にニセムコの経験者であったのだ。それを思い出した。

それは私が二十六歳で学生生活を終って、長い間の婚約者と結婚する事が目前に控えており、その上、その年の冬には海外へ渡航する事が決まっておりながら、Y新聞の婦人記者とアッというまに恋愛してしまい、夏から秋にかけて、狂った走馬《そうま》燈《とう》のような毎日、毎夜を過した時の事である。

その頃、新聞の婦人記者は、東京にも二、三人位のものであった。そしてその美貌にも拘《かかわ》らず彼女にスキャンダルがなかったのは、賢明な彼女が職業を大切にして、男嫌いをよそおったからであった。

彼女にも老いたる母があって、娘が結婚の相手を引き合せてくれる日をひたすら待っていたのだ。

そこへ私が登場した。

彼女は当時の流行語で「モダンガール」という、いやな言葉で呼ばれていた女性ではあったが、これも母思いで、いよいよ私の結婚が、私のどたん場の悪あがきでもどうする事も出来なくなって、十一月某日挙式と決定した時「一生の願い」だから、彼女の結婚の相手の顔をして母に会って「長い間の期待に、たとえウソでもいいから応えてやってほしい」と言われ、私はその人と死んじまおうかと思っていた位だから、一生一度だと思って母なる人の前で、花ムコ候補の大演技をやってのけたのである。その時憔悴《しょうすい》しきった青年は、それから二十年後、九州の果で同じように、老いたる人にしたように、万の言葉で詫《わ》びながら、だまって長い礼をしたのであった。

何たる事だ。

大村湾の老父母は、素朴きわまる方言で私をもてなした。私にはその言葉の意味が殆《ほと》ど判らなかった。判ったのは、彼等が都会にいる娘を愛しており、その娘が連れて来た中年男に敬意を払っている事であった。

着いた日の翌日、父なる人は、古びたムコどんに食わせるため、庭の直ぐ下の海に膝《ひざ》まで浸《つか》って、岩にかくれている飯章魚《イイ》をつかむのであった。私も同じ事を試みたが、私のさぐる岩には何物もいず、腰が痛くなるばかりであった。老父も時々身体を起して腰を叩《たた》いた。

絹代は平然としていて、私には解し難い言葉で、父や母と昔語りをし、牛小屋へ飼料を運んだり、鶏小屋の前で菜っ葉を刻んだりしていた。私はすっかり板についたその姿を遠くから眺めて感心していた。彼女には父母をだましている気持が毛頭ないのであった。早く子供を産んで両親に捧《ささ》げたいだけであった。そして、胎の中にその子供が存在する事は、決して嘘《うそ》ではないのだ。——しかし、そこのところが、男の私には何とも判りにくいのだ。

その翌日は私の最も恐れていた日で、親類一同を招待して、娘とそのムコを引き合す祝宴が張られるのである。

その日は朝から人の出入りがはげしく、台所には近所のおかみさん連中が、外国語のような言葉でわめき立てていた。そのうち、市場へ行った男達が魚籠《びく》を提げて帰った。土地の習慣で、祝宴の魚料理は、その日集った人達が自ら庖丁《ほうちょう》をとるのだ。

私は海辺の舟虫の群がる崖《がけ》に腰かけて、観念の眼をとじていたが、どんな魚を料理するのか覗いてみたくて、男達の背後からソッとみると、地べたの上には三尺程の灰色の鱶《ふか》が二本投げ出してあった。

やがて熱湯が運ばれ、その薄気味の悪い魚が、何度も地べたで裏返されては熱湯を浴びた。どこかのおやじさんが、まな板代りの板切れを地べたに置き、忽《たちま》ちその鱶の皮を剝《は》ぎ出した。ざらざらした灰色の皮が、ベリベリと剝がれると、中身は白ナマズのようなイヤな色をしていた。どこかのおやじさんは、それを長い三枚におろし、ギョキギョキと刺身に切り出した。嘔《は》きそうになって、私はそっと逃げ出し、鶏小屋の前にしゃがんだが、そこの飼箱には、いつのまにか、ザラザラの鱶の皮がブツ切りにして投げ込んであった。

私のいるところはなかった。私の顔の色は裸にされたあの鱶の色であったろう。子宮癌の老母が、ニコニコしながら、判り憎い言葉で私に風呂をすすめた。土の代りに藁《わら》を壁にした風呂場で、私は素直に裸になった。水と燃料を節約するので、湯は膝頭にようやくとどく程度であった。直径二尺位の小さな底板の上にしゃがんで、私は又もや眼をつぶるのであった。

祝宴は正午から夜まで続いた。

大きな皿に鱶の刺身が山と盛られ、老若男女《ろうにゃくなんにょ》、ここをせんどと鴃舌《げきぜつ》を交換しながら、酢味噌《すみそ》をつけてむさぼり食うのである。その皿は幾度も私の前に廻されたが、私は嘔吐《おうと》しないために、頑強に眼をつぶっていた。

酒はくさくて咽喉《のど》に落ちてゆかなかった。

善良なる海辺の人々は、やがて皆々手拍子を叩いて、緩慢な唄をうたい出した。その意味は勿論私に解しようはなかったが、太陽があって、海があって、魚貝があって、男は強く、女はよく子を産むという意味ではないかと思われた。

絹代はチラチラと私の方をうかがっていた。私は山盛りの食物を前にして、空腹のために冷たい汗を額に流しながら、人々に合せて手拍子を打った。

私の膝の上は、善良な人々が無理にすすめながらこぼした酒で、ビショビショになっていた。やがてその冷たい液体は、老父から借りた袷《あわせ》を滲透《しんとう》して、私の膝を冷却した。

いつのまにか私は震えていた。すると初めて、私の眼前にいる女の胎内の子に、愛に似たものを感じたのである。その夜、祝宴が果てるまで、私は震えながらも席を立たなかった。

その翌日、私はひどい嘔吐と下痢をし、悪寒《おかん》、戦慄《せんりつ》で倒れた。食わなかった鱶があたる筈《はず》はない。原因は裏の海にころがっている真珠貝である。家の庭から見下ろすと、四尺下に海があって、水深四、五尺の底に大きな貝がごろごろしている。あれは食えるかと絹代に訊《き》くと、禁漁になっているが、肉は厚くて焼いて食うと「ウマカ」という。「ウマカもんなら一ちょう食おう」と、ムコドンも郷の言葉で、いろりで焼いて貰《もら》って昼飯に一口食ったが、口に入れる前に、「これは中毒《あた》るぞ」と思った。食後十分、案の定で七転八倒の苦しみ。これが私だけで、常々盗漁して食う家人には、あたったためしはないという。

阿呆に天罰が下ったのである。

その翌日、私だけ東京に発《た》った。

老母は翌年、孫の顔を見てから死んだ。

私が東京から遁走したのは、九州から帰った年の冬であった。

東京からといっても、実際は東京の私の「阿呆」から逃げたかったのだと――これは神戸に着くと再び始まった阿呆な行状に、われながら呆《あき》れてから気がついたのである。
つまり、どこまで逃げてみても、私は私から逃げられない事に、神戸に来てから少しずつ気がついたのである。

逃げても軍鶏《しゃも》に西日がべたべたと

という写生句を播州《ばんしゅう》で作ったのは、戦争が終ってからであった。
絹代は今は私の家人であり、祈願されて産まれた子は中学一年生である。

第十話　猫きちがいのコキュ

私が戦時中神戸で仮寓《かぐう》したやくざホテルの主人が、肥大豚の如《ごと》き漢《おとこ》であった事はすでに書いた。

彼は東京で小金をつくり（いかにして作ったかは後に述べる）自分の故郷に近い神戸の真中に売物のホテルがあったので、契約金を払っただけで、家族とホテルに乗り込んで来たのであった。

彼と私は前後してそのホテルに住みついたわけだが、私は若い頃、英国領の植民地に出稼ぎに行っていたので、そのホテルの、国籍のはっきりしないような外国人や、いずれも一騎当千の酒場の姐御《あねご》達の中にいても、アットホームでありこそすれ、とまどうような事はなかった。

それに引きかえ、その豚野郎は、ロビーの隅の暖かいストーブの傍にいても、頼りなげに自分のホテルの宿泊人達の顔を黙って見廻すだけで、いつまで経《た》ってもホテルの空気に馴染《なじ》めない模様であった。そして、いつも落ちつかない風で、大きな丸い顔についた、これは又不思議な位に小さな眼をキョトつかせていた。

それというのも、彼には外国語が全然わからなかったし、その上、この国際都市で甲羅《こうら》を経た女達の会話は、一種の気取りによって日本語脈を離れてしまった言葉で通じ合っていたからである。

彼等や彼女等は、戦時色というエタイの知れない暴力に最後まで抵抗した。エジプト人、トルコタタール人、白系ロシヤ人、朝鮮人、台湾人そして日本娘達の共通の信仰は「自由を我等に」であった。だから彼等はそのハキダメホテルで極めて行儀が悪かった。そして奇妙な事には、一様にプライドが高かった。奇妙といったのは、これらの外国人達はいずれも国法にすれすれに触れる商売をしていたのだし、女達は夜更《よふ》け、酒場の客をくわえ出して、このホテルは勿論、あちこちのホテルに沈没して稼いでいたからである。

ホテルの主人は、こういう止宿人達の気風が、どうにも理解出来ないのであった。しかもわかる筈だという自信があっただけに、尚《なお》わからないのであった。

彼はその当惑を私にだけはかくさなかった。彼がストーブの傍で、始めの頃はボソボソと、終りの頃は最大の誇りと共に語った身の上話はざっと次のようなものであった。彼は年少の頃、加古川在の貧しい生家を出て、型通りの立身を夢みつつ東京に出た。東京に着いた時には、当時の金で五十銭玉が一個残っていた。その日からあらゆる使用人の仕事を遍歴し、遂《つい》に吉原の娼家の妓夫《ぎゆう》になった。そして彼は売春世界が、彼の念願する「成功」への最も近道であることを発見した。

二十代の妓夫が、十年後には吉原の妓楼の亭主になった秘密は私には判らない。彼もその辺の消息は言葉を濁したからである。いずれは、話にも何にもならぬ手段によったにちがいない。そして彼は、志を立てた通りの富を得たが、たまたま日本が無謀な戦争に突入し、売春業に黒雲がかかり出すと、いち早くその娼家を転売して、その金の一部を手金にしてホテルを手中に収めたのであった。

彼はその「成功談」に自分で酔って、わざわざ吉原時代の写真を持ち出して来て私に見せた。それらの写真には、着飾った多くの女郎達の真中に、必ずこの豚野郎が傲然《ごうぜん》と反りかえっていた。

彼はニコニコしながら、それらの写真を姐御達にも見せた。そして彼があっけに取られた事には、同じように男と寝て金を取っている姐御達は、写真を一枚見る毎《ごと》に、顔を見合せた。その二つの顔は「フン」という顔であって、彼女達は搾取者《さくしゅしゃ》に対する露骨な軽蔑《けいべつ》を少しもかくそうとしなかった。

そして彼は、何故彼女達がこのような反感を現わすのか少しも判らず、先程までの誇りに満ちた大きな醜悪な顔が、忽ち一廻りも小さくなって、ぼんやり自分の部屋に引き下がるのであった。

彼は止宿人達を扱う見当は全然立たなかったが、契約によって手に入れたホテルの財産の扱い方にはぬかりがなかった。

東京に第一次の空襲があってからは、彼は土蔵の中の食器類や客室の調度でも、少し上等なものは遠慮なく引き上げて、毎日のように田舎の生家へ運び去った。

これを見た女達は、ホテルを自分の家と心得ているだけに、持ち前の俠気《きょうき》が承知せず、例によって「センセ」即《すなわ》ち私の部屋にどやどやと押しかけ、一割の手金だけでホテルを乗取りながら、ホテルの備品を持ち出すのは怪《け》しからんから何とかしてくれというのである。そして一様に「パパさんが可哀《かわい》そうだ」という。このパパさんなる人は、白髪の老支配人で、元の持主の義弟、善良なること神の如き人物、いつも閑《ひま》な時には金槌《かなづち》を持って女達の部屋部屋を廻るので、あだ名がヨセフ。これはいかにも神戸らしかった。姐御達は威勢はいいが皆父親運が悪いから「パパさん」の愛称のひびきには心がこもっていたのである。

私もこの老人が好きであった。しかし、法律のことは知らないし、まして契約書がどうなっているのかも判らないので、折角の姐御達の正義感をウヤムヤに葬《ほうむ》ってしまったので、その後は大いに信用を失墜したようであった。実のところ私も、愛用していた揺り椅子《いす》を運び去られた時には、豚野郎と一戦を交えようかと思ったのであるが、老支配人の顔を見ると、忽ち勇気がくじけたのであった。

元吉原妓楼の亭主、今はとまどいしたホテルの持主は、かくして私達止宿人一同の反感を一身に集めていたのであるが、私だけはある日、ある事を目撃してから、反感は反感ながらいささかの憐《あわれ》みのようなものが湧《わ》くようになった。

このホテルの止宿人で、男性（日本人）は伝染病院の院長と私だけであることは前にも書いた。ところがある日、眉目《びもく》秀麗といってもいいような東京の青年がフラリと現われ、そのまま私のように止宿人になってしまった。彼は全く仕事らしいものを持たず、いつも炊事場に入りびたるようになった。そして、炊事場には、豚野郎には全くもったいない三十位の妻君が、いつもニコニコしながら働いていたのである。元々このホテルの客達は、部屋で食事するのは私位のもので、あとは時をかまわず炊事場の一隅の卓子で食事をした。だから、美貌《びぼう》の妻君につきまとう東京の美青年のことが、女達の眼を逃れ得る筈はなかった。そして青年の評判は悪かった。それというのも、この美男子の目標は妻君一人であって、他の十数人の自認美人達には眼もくれなかったからである。

他の事ならとにかく、国際都市の選抜された美女が、一顧にも値せぬという態度をされては、姐御達は心平らかでいられなかった。まして、神戸の酒場の女達は、東京の男性に、理由のない魅力を感じる傾向があったから、やがてホテルには妖気を含んだ陰火がチロチロと燃え出したのである。

東京青年の素性は、彼が止宿してから一ヵ月たったある日、私服憲兵の来訪によって明らかとなった。

その時、私はたまたまカウンターで彼と東京の話をしていたが、彼をホテルの使用人と感ちがいした憲兵が、何某という東京の男が宿泊していないかと、本人の青年に訊《たず》ねたのである。彼は支配人に尋ねてみましょうといいながら、実にしずかに歩み去った。そして、私服がいつまで待っても出て来なかったのである。さすがに怪しんだ憲兵が、あれは番頭ですかと私に問うので、客であると答えると「しまった」と叫んで奥へ走り込んだが、このホテルの奥の方は、御同伴の便を計って、戸口がいくつもあるので、青年はそのまますらかっていた。彼は召集を受けながら東京を脱走していたのである。

ところが、十日もたたぬうちに青年は再びフラリとホテルに帰り、又元のように炊事場のマダムにへばりつき出した。おどろいた事には、その後憲兵は彼を放置してかえりみなかった。当時の神戸はスパイがウヨウヨしていて、このハキダメホテルも大きくマークされていたから、私服憲兵は毎日のように来たが、よほど重大事件に追い廻されているとみえ、一人の脱走兵はおめこぼしにあずかり、いつも炊事場で油を売っていた。

水商売の、ど真中で苦労したホテルの主人が、自分の愛妻とこの青年との事に気がつかぬ筈はなく、彼はやがて、嫌いな炊事場に大きな図体を定着させ出した。

しかし、彼は女房に対して、愛情の他にもよほどの弱点を握られているらしく、遠慮ぶかく卓子に頬杖《ほおづえ》をついて、男と女の方へチロチロと眼を放つだけであった。

そして、男と女は平然として談笑していた。

私はその頃から、元女郎屋の亭主のこの男を、別の角度から見るようになったのだ。

彼は、炊事場の女房からうるさがられて追い出されると、ロビーの外人や、外人同様の日本娘の仲間にも加われず、倉の前の石段に腰かけて、十匹あまりの猫を相手に鈍重な時を過していた。彼の猫好きはきちがいじみていて、持ち前の吝嗇は猫にだけはあとかたもなく消え、止宿人のエジプト人マジット・エルバ氏のもたらす、何物とも知れぬ生肉を買って猫共に食わせた。彼が二十貫以上もある巨体に、女郎屋時代の楼名入りの浴衣《ゆかた》をだらしなくひっかけて廊下を歩くと、大小、色とりどりの猫共が、おみこしをかつぐように一団となって移動した。そしてその猫共は全身蚤《のみ》の巣であった。私はこの猫きちがいと猫共に身の毛のよだつ嫌悪《けんお》を感じていたのだが、今や、女房を盗まれて、フランス人のいう、コキュとなり果てた亭主の、人に言えない苦悩の姿は、滑稽《こっけい》ではなくて哀れであった。それというのも、私が同棲《どうせい》者《しゃ》波子の、片時も油断の出来ない性状に、ほとほと手を焼いていたからであろう。

自分の愛する女を盗まれた男ほど哀れなものは世にあるまい。まして、その女を憎悪出来ぬほどに、その後も愛している男は、自分を呪《のろ》うより仕方がないだろう。彼は相手の男を誘惑者と思いたい。しかし、女が自らを与えなければ、このような事態は起らぬ事を知っている。かくして、この巨大なる「寝取られ男」は、昼も夜も、女房の姿が見えないと、ホテル中を探し廻るようになった。十匹の猫共に取りまかれながら。

彼にとっては、B29の編隊が次々に都市を焼きつくしていて、やがてその順番が神戸に廻って来ることも恐怖ではないようであった。

私の同棲者波子は、こういう亭主の狂乱の姿に腹を立てて、それまで仕事のようにしていた、猫の蚤取り作業をキッパリと止《や》めてしまった。彼女には亭主の未練が我慢がならないのであった。そして、そういう彼女の批評に、懐疑的な返答をする私にも腹を立てた。

私はといえば、嫌悪し、軽蔑した男に対して、彼が「寝取られ男」になり果ててからは、いつのまにか彼の中に、男性の哀れだけを感じ出した事に気がついて狼狽《ろうばい》するのであった。

空襲は、私達の予想通り大阪を一舐《ひとな》めにした。神戸が次の都市である事は誰でも知っていた。その神戸の真中、このホテルの、美貌の青年の部屋の前で、ある夜更けに、私は大きな図体の亭主が嗚咽《おえつ》する声を聞いた。人間が泣くと猫共も鳴いた。私の足は重かったが、捨ててもおけず亭主の傍にゆくと「女房が女房が」といいながらドアを指さした。

私達は、その翌日、山の手に引越した。

まもなく神戸は灰燼《かいじん》に帰して、ホテルは倉だけを残して焼けてしまった。余燼が収まってから倉の厚い扉を開けたら、扉の内側には、十匹の猫が折り重なって死んでいたということである。

亭主はホテルが焼けてからは、女房と彼女の愛人とを連れて生家に引き上げたが、一ヵ月もたたないある日、大混乱の列車のデッキから誰かに突き落されて轢死《れきし》したということである。

この「神戸」の登場人物の大方は、戦争前後に死んでしまうのだが、これは私が特に死んだ人のことばかりを書こうとしたのではない。ひとりでにそうなってしまったのである。何故そうなったかは私には判らない。ただ一つ判っていることは、私がこれらの死者を心中で愛していることだ。

《俳句・昭和29年9月号—31年6月号》

続神戸

前説。

かつて私は綜合《そうごう》俳誌「俳句」に、「神戸」十話を連載した。それは昭和十七年から昭和二十一年まで、神戸で過した間の挿話である。「神戸」に登場した人々は、内外人すべて善人ばかりで、同時に戦争中の「非常時態勢」に最も遠い人達である。私も亦《また》、彼等と共に、自由こそ最高の生甲斐《いきがい》と考えていたので、彼等の生き方に深い興味を持った。「神戸」は意外に多くの愛読者を得た。映画化の話ももたらされた。さて、本誌編集長は、いまや「神戸」続編を強要してやまない。しかし、「神戸十話」を書きしるした時と、現在とでは、私の住居、境遇にも大きな変化があり、加うるに老懶《ろうらん》、ペンの泉も涸《か》れ果てた。再びの無頼文章が、読者の一顧を得られようとは思われないが、幸いにして「からきこの世」の一微笑ともなればと、恥多き愚談を綴《つづ》るのである。内容は前編と同じく全く虚構を避けた。さればゆめゆめ、誓《せい》子《し》先生のごとく、眉《まゆ》に唾《つば》を付け給《たも》うことなかれ。

第一話 マダムのこと

昭和三十四年五月某日、東京の夕刊紙「Nタイムス」は、丹羽《にわ》文雄原作、大映映画「夜の闘魚」のモデルについて、詳しい記事をかかげた。この映画の主演女優は京マチ子であったが、私は原作も、映画もみていない。それにもかかわらず、私がこの夕刊紙の記事にしばらく没頭したのは、これこそ「夜の闘魚」のモデルとして紙面に現われた写真の女を、よく知っていたからである。

N紙の記事によると、現在の彼女は三十九歳で、東京赤坂のナイトクラブCのマダム、そのナイトクラブの一夜の収入は百万円、彼女は日支混血の夫を持ち、一児の母とある。東京のナイトクラブには、一流といわれるもの二、三あって、殆《ほとん》ど外人と三国人といわれる人達が客である。ところが、こういう外人達が費消する金は、日本の政商が接待費、運動費から払うのであるから、賠償問題や、防衛庁の機種問題がグズつけば、それだけナイトクラブが繁昌《はんじょう》するのである。

N紙は「一夜の収入百万円」と書いたが、これは少なすぎる。私はかつて東郷青児夫妻、令嬢たまみ、横山白虹《はくこう》、阿部金剛の一座に伍《ご》して、赤坂の別のナイトクラブに行ったことがあるが、一人あたり一万円では済まなかったろう。ナイトクラブの一夜の客が、百人ということはないから、実際の収入は百万円の三倍位、一ヵ月では億という数字である。

ナイトクラブがいくらもうけようと、私の知った事ではないが、そこのマダムがC子だという事になると話は別である。私が神戸トーアロードの、やくざな国際ホテルの止宿人になったのは、昭和十七年十二月であった。前編との重複を恐れず、そのいきさつをかいつまんで書くと、東京と家族からの脱出、アパート探し、そのためバーに行って女の人に心当りを聞く。その女が（デンマーク人ベック氏の仮妻で、のちにこの夫妻とは親交を結んだ）国際ホテルのC子（即《すなわ》ち現在の百万円マダム）に紹介してくれたのである。

翌日、私は紹介の名刺を持って、そのホテルのC子なる人を訪問した。ドアの外まで激しいジャズが聞こえた。日本が米英に宣戦したのは、前年のことである。これぞ神戸の神戸たる所以《ゆえん》――と、待っていると、ドアが開いてC子が怪訝《けげん》という顔を出した。あとでわかったが、C子を訪問するのに、紹介状を持参したのは、あとにも先にも、私一人であった由《よし》。C子は後々まで、彼女に礼儀を示した私を、大いに徳とした。

C子は私の来意をきくと、すぐ帳場に引き合わせ、自ら部屋の鍵《かぎ》をうけとって、案内してくれた。その日から一年間、私はその奇怪なホテル兼アパートの住人となったが、止宿人は日本人男性が私と伝染病院長の二人きり。日本人女性七人は、すべてバーで働く人。その中でC子は二十五歳ですでに加納町《かのうちょう》のバーのマダムであった。日本人以外は、エジプト人（敵性国人として監視されていた）、白系ロシヤ、トルコタタール等々、従ってそのホテルのロビーには、戦争中の事ではあり、何をやって食っているのか見当もつかない人間がゴロゴロしていた。商売が明らかなのは、バーで働く姐御《あねご》達だけで、「明らか」という意味は、戦争前から神戸のバーの女性は、客と一夜を共にするビジネスを持っていたのである。

前編で告白したように、私はホテルに落ちつくや否《いな》や、アッという間に、横浜出身の波子と同棲《どうせい》するハメになった。日本人で、とにかく一組の男女が住んでいるのは、私達の部屋だけであったから、朝寝坊の姐御達が起き出す昼過ぎから夕方まで、私の借りた二室はたちまち彼女達のクラブになってしまった。

C子は仲間の中で、最も異彩を放っていた。神戸のような植民地風の街で、二十五歳でバーのマダムになるのは、相当な度胸と、頭脳と、何よりも彼女自身に、体の魅力が備わっていなければならない。

ロビーで踊る時、C子の顔は私と同じ高さにあった。胴がつまって脚が長いので、体の重心が上の方にあり、男にとって踊り憎かった。C子は、仲間の女と踊る時いつもリードしていたから、「先生」即ち私と踊る時にもリードしたがった。鳩胸《はとむね》から巨大な乳房が突き出ていてその胸で押しまくり、長い脚で大きなステップを踏んだ。

神戸のバー族は、どういうものか、東京の男性に抵抗が弱かった。

C子には、東京から来ている若くて美貌《びぼう》の恋人があった。彼は小説家としてC子の好奇心を満足させていた。ロビーのストーブの傍で、彼は「東京からまだ原稿料が来ないよ」などという。彼はその言葉がC子を喜ばせ、他の女達を畏敬《いけい》させることをよく知っているのだ。私は一介の商人という触れ込みだったから彼は安んじて法螺《ほら》を吹いていたが、彼が一枚の原稿も書かず、従って一銭の稿料も期待していないことを私は知っていた。彼は東京郊外に妻子を置いて、いまだに自由な神戸に、放蕩《ほうとう》するために来ているにすぎない男である。彼が実際に小説家なら、戦時下のそのホテルの、異様な生活者達を見ながら、淫楽呆《いんらくほ》けの欠伸《あくび》ばかりしている筈《はず》はないのである。

美貌の若者は、時々東京へ金を作りに帰った。

C子は夜中の二時頃、いつも泥酔《でいすい》して帰り、きまって私の部屋のドアを乱打した。彼女は波子に夜食をねだり、紙幣の充満した、大きなハンドバッグを、翌日まで私に預けた。ダブルベッドのある彼女の居室には、どのような深夜の訪問者があるかも知れず、その男にベッドの半分を与えても、ハンドバッグの中味だけは、安全な場所に置かねばならないからである。

恋人が東京に帰っている間、C子は私服憲兵や、外事課の警部等に、延滞している接待をせねばならなかった。彼等は、C子のバーでヘドを吐くまで飲み、そのあとでホテルの彼女のベッドの客となった。すべて役得、無料であった。そういう事はC子にとって日常の事で十年も前からの、彼女の税金であった。彼等はC子をいたぶったが、あべこべに彼女に飼育されていたのだ。

C子は山口県の海村で生れ、早く両親を失ったので祖母に育てられた。幼い頃からの男まさりで、男の子をいじめて泣かすのが、何よりも好きであった。夏は朝から夜まで海の中で過したが、十四歳の時、泳ぎ疲れて岩の上にいた彼女の股間《こかん》からしずかに血液が流れ出た。男の子達はおどろいて彼女を家まで守って帰った。祖母は赤飯を炊《た》き、仏前に灯明をあげた。男の子達は、そういう老婆《ろうば》とC子を、戸口に群がって不思議そうに眺めた。十六歳の春、大柄なC子は、神戸に来てバーで働き出した。その第一日に、外国船の船員が、彼女を女にした。その後の十年足らずに、「神戸のC子」と呼ばれるように成熟した。彼女には、瀬戸内海に面した海村にいる「おばあちゃん」以外にこわいものはない。

酔って帰ったC子は、度々私の部屋の居間で寝た。シャワーを浴びた雫《しずく》を、全身から垂らししながら、バスタオルで私に拭《ふ》かせた。

「波子さん、ごめんなさい」クックッと彼女は笑った。波子も笑った。

C子が寝落ちてから——夜中の三時頃が多かったが——隣室のベッドにいる私は、彼女の寝言で眼をさますことがあった。それは大概、乱暴な英語であったが、時には「おばあちゃん」といった。

彼女は、近頃の言葉でいうと、八等身であったし、若いながらに貫録十分であった。また、大いに野心家でもあった。「うち、成功する」と、度々私に告げた。自主とか、独立とか、およそ神戸の姐御らしくない言葉が、彼女の口から出た。言葉だけでなく、必ずチャンスをとらえた。

チャッカリ娘のC子の弱点は、男が好きでたまらぬ事で、東京の恋人の前には、桜井楽団の桜井潔もその一人であった。桜井が大阪の劇場に出演する時には、神戸の彼女の部屋に泊らせた。すでに市中では食糧が乏しかったが、どこから探し出すのか、彼女は卵の厚焼を、このヴァイオリン弾きのために作った。そういう時、C子は私の料理場を使った。ギッチョの彼女は、鰹節《かつおぶし》のダシを取り、それで卵をのばし、フライパンで少しずつ焼いて、それを重ねた。道具は洋食ナイフ一本である。私は度々見学したから、今でも卵の厚焼は上手に出来る。

桜井楽長の弁当は、東京でも、大阪でも得られない物が一杯つまっていた。彼女はそれを持って、いそいそと大阪まで通った。

ある時、東京の恋人の訪問が、あまり長く途切れたので「首に縄をつけて連れてくる」といい出した。そして「いやといった時の用心に」先生即ち私に同道して貰《もら》いたいという。

私は折角逃げ出した東京へ、しかも板張列車で行くのは何とも気がすすまなかったが、波子が横浜の母親に会いたいというので、三人で横浜まで行った。

私はグランドホテルに若い「小説家」を呼び出し、C子の前で、彼女の意を伝えた。青年は神戸に来ることを約束したので、私達は、翌日再びゴトリゴトリと神戸に帰ったが、C子は恋人と一夜を過したので気が済んだのか、神戸に帰ると早々、今度は大阪のぼんぼんにのぼせ上った。

そういう時、彼女は必ず私を渦中《かちゅう》に引きずり込むのである。そして、これも必ず起る情事のトラブルを解決するのに利用するのである。私の人情馬鹿《ばか》が、すっかり見透かされていたのだ。

東京青年が颯爽《さっそう》と現われた時、鍵をかけたC子の部屋にはぼんぼんがいた。彼女は私の寝室に跳び込んでベッドにもぐりこむ。東西の青年が、私の部屋になだれ込む。三人共、全く黙っている。勿論《もちろん》私も黙っている。波子は平気で猫の蚤《のみ》をとっている。

翌日、刑罰はC子に下された。東京青年が、ジレットで、彼女のデルタを剃《そ》って東京へ引き上げた。C子はわざわざそれを見せに来て波子に筆と硯《すずり》を借り、一時を糊塗《こと》したようである。

戦争が終った時、私は山の手のガンガラガンと広い西洋館に住んでいた。その一角は突き出して焼け残った。C子をはじめ、ホテルの姐御達が避難して来たので、私は花壇をつぶして栽培した馬鈴薯《ばれいしょ》を早掘りして、彼女達を養った。それもすぐなくなる頃には、善良な男達が、どこからともなく現われて、それぞれ食糧らしきものを、彼女達に供えた。

一ヵ月後には、潮が引くように女達は消えていった。その家は階上二室、階下三室、他に八畳敷の使用人室がある。一室十畳敷以上、広間は二十畳敷位で、一望焼野原の神戸を見おろして、波子と二人住むには勿体《もったい》ないと思っていると、忽《たちま》ちC子が、例によってチャンスをつかんだ。

ある日、C子はイタリー人の仮妻の友達と二人で現われ、黙って一万円の札束を差し出し、私の顔をみながらニヤニヤしている。彼女の説によると、この西洋館を私から又借りして、広い室は仕切って小部屋にし、今からホテルにするのだという。すでにアメリカ軍が神戸に進駐していたので、C子は彼等のために、ホテルと酒を用意し、大いに稼ぐのだが、幸い「先生」は英語を話すから、さしずめマネージャーになって貰い、あとは「妾《わたし》たちにまかしといて」と、淡々としている。

戦争は終ったが、前途暗澹《あんたん》たる私に、一万円（現在なら百万円だろう）は有難いし、ホテルのマネージャーも悪くはない。歯科医もやったし、商人もやった。何も彼《か》も新規まき直しとゆこう。OKで、敷金の一万円はパアと消えた。

C子とその友達は、早速、大工など連れて来て、山手ホテルのプランは着々進行したが、ホテルの従業員がすべて女で、彼女達もホテルに住み込むことを知った時、私は愕然《がくぜん》とした。C子はチャブ屋開業のつもりである。そして、私は売笑窟《くつ》のマネージャーにされかかっている。

いくら新規まき直しでも——と、私はC子に解約を申し出た。「だから先生はあかんのよ」と、彼女は波子をかえりみながらいった。波子も全く同感という顔をしていた。

さて解約はしたが、一万円がない。一ヵ月の余裕を貰って、ようやく返済したが、どうやってその金が出来たか、今、どうしても思い出せない。

沢木欣一《きんいち》が「赤門文学」に書いた、自伝小説の中に、神戸の私らしい人物が、キャバレーの支配人になっている。これは途中で消滅したこの「山手ホテル」のことが、誤り伝えられたのであろう。

小心な私は「危険な曲り角」を曲らなかった。そのために、その後は、ゆるやかな危険に、常に身をさらしているのだ。

チャブ屋が挫折《ざせつ》したC子は、それならとばかりにドイツ水兵の子を産んだ。初めての生産である。しかし、彼が祖国に引き揚げると、子供は「おばあちゃん」に進呈し、現在の夫を捕えて、東京と神戸とかけ持ちでバーを経営していたが、遂《つい》に初志をつらぬいて、東京で第一流のナイトクラブのマダムとなったのである。

私はまだその後の彼女に会っていないが、今や「うち、成功したんよ」と、いうかどうか、多分いわないだろう。

第二話　三人の娘さん達

神戸という街は、戦争中、流言のルツボであった。つまり、スパイの巣であった。県庁の外事課は、そのためやっきになっていたが、いわゆる敵性国、盟邦の、両方の人間が、日本の敗色濃い情報を流す。いくら官設ラジオが勝った勝ったと放送しても、ドイツやイタリーの軍艦や潜水艦が、外海に出航する路を完全に封じられていることは、水兵達が、いつまでも神戸にノソノソしている事実からみて、神戸の市民は皆知っていた。

そして、驚くべきことに流言、デマとして耳に入った情報が、大抵は真実であることが、次々にわかり、しかも、デマと思った情報の方が、控え目であった。

現に、私の親戚《しんせき》の、精神病院を経営していた医者は、米と砂糖を貰いに行く私に、声もひそめず、紀淡《きたん》海峡には、アメリカの潜水艦が、一昼夜交替で見張っていることを告げた。昭和十九年のことである。そして、それは事実であることを、ドイツ潜水艦の士官からも聞いた。

私はすでに底をついた物資を、探し出して会社に納入するため、東京と神戸とを往復していた。超満員のデッキのステップに、数時間ぶらさがったこともある。

昭和十九年の夏のある日、和田辺水楼《へんすいろう》（前篇第八話に登場の「京大俳句」会員）が、山本通の私の家へ、綺麗《きれい》な娘さんを連れて来て、私に預かってくれという。事情を聞くと、姫路駅の助役の娘だが、徴用免れのために、大阪鉄道局に勤めている。毎日、殺人列車で大阪まで通勤は大変だから、君の家は、ガンガラガンと空室だらけだし、丁度よろしい。預かって、ついでに大切にしてくれ——という。

高峰秀子によく似た娘さんが、荒涼としたわが家の家族になることに、私は勿論異存はないが、同棲者の波子は、神戸で私と邂逅《かいこう》するまでは、横浜から引きつづいて娼婦《しょうふ》だったから、他のあらゆる女性に対しては、一様に反感を持っている。とても承諾はすまい、と思っていたら、キヨ子という、その娘さんは、大変頭がスマートで辺水楼と私の対談の間に、わけなく波子の好感を獲得してしまった。

キヨ子が寄宿するまでの、波子と私の生活は、索漠たるものであった。私には何の目的もなく、波子には、扶養せねばならぬ母と弟が、横浜にいた。少女時代から、働いて金を得た経験のある波子には、私との、神戸の生活の意味が、のみ込めなかった。「情にひかされないように」というのが、彼女の毎日の、ひそかなお題目であった。そのお題目の効果が、日ごとに薄れてゆくのを、彼女はいまいましがり、相手の私を憎んだ。

長い長い、暗い暗い夜であった。

キヨ子は、そういう生活を一変させた。化物屋敷のような洋館に陰性の波子と、陽性のキヨ子が、新しいバランスと諧調《かいちょう》を示した。波子は、もしかすると、私と美貌のキヨ子とが、結びつくことによって、自分の脱出の機会を作ろうと考えたのかも知れない。

しかし、例え波子が望んだとしても、そういう事は起り得ない。キヨ子には許婚《いいなずけ》の青年がいたのだ。

神戸高商からの志願学徒兵。霞《かすみ》ケ浦《うら》、刈谷と航空隊を経て、少尉《しょうい》になっていた。

キヨ子は明るい性格で、派手好みの、一見フラッパアのようでいて、この少尉に対する愛情の深さは、一通りではなかった。

すでに特攻隊が設けられていたから、文字通り、明日をも知れぬ命であった。許婚の二人が、遠く離れていてたえまなく燃え上っていたのは、当然といえよう。キヨ子は、毎土曜日毎《ごと》に、航空少尉の任地へ、霞ケ浦、刈谷、鹿屋《かのや》と歴訪した。茨城県、愛知県、鹿児島県への、娘一人の旅であった。旅先での若い二人が、どのような休日を過したかはわからないが、神戸に帰り着いたキヨ子は、苛烈《かれつ》な列車の旅疲れもあって、いつもゲッソリ痩《や》せていた。

そういうキヨ子を、身心ともに浮草のような波子が、優しくいたわった。あらゆる情熱を失った波子には、キヨ子の一途《いちず》な恋愛が、ただただ羨《うらや》ましく、貴重に思えたのであろう。

九州鹿屋で中尉に昇進した青年は、沖縄へ出動したまま、遂に帰らなかった。

中尉の両親、兄妹は、神戸に住んでいたので、キヨ子は、公報が発表されてから、毎日のように、その家を訪れた。万一、無人島にでも漂着してはいないか、そういう夢をよくみると、私に話した。表情は微笑しながら、眼からポロポロ涙の粒が落ちた。

キヨ子は敗戦の後、許婚の戦死の模様がどうしても知りたく、単身上京して海軍省に調べに行った。しかし、記録は、本土上陸に備えて、信州の山中に作ったトンネル状の倉庫に移されていた。

東京から信州へ、汽車の中に立ち通して、キヨ子は、もう意地であった。その山中まで、空腹と疲労の娘は、ようやくたどりつきそのまま失神した。

厖大《ぼうだい》な記録の中から、一人の記録を探し出すために、係員とキヨ子は一日を費した。記録には、何月何日、沖縄海域で、特攻機の隊長としての、中尉の死が確認されていた。

神戸に帰りついたキヨ子は、一日寝ただけで、次の日には、もうシャンとしていた。

それから二年後、若い医者と結婚したが、式の前日には、私の家に泊りに来た。姫路よりは大阪の結婚式場に近いからで、私達に別れを告げに来たというわけではないといった。しかし、同じ神戸に叔父一家がいるのだから、最後の一夜を私の家で過したのは、私の家に持ちこんだ、中尉の幽霊に、キッパリと別れるためであったかも知れない。

明治年間の初期に建てられた、その洋館には、外人の幽霊共が、ウジャウジャと棲《す》んでいるに違いないから、新しく加わった、若い日本人の幽霊の居心地は、よかったであろう。

戦争は終った。

米軍が、フイリッピンから、移動しはじめた。近畿地区では、先《ま》ず和歌山県に上陸した。彼等が神戸に現われるのも、間もないと思われた。征服者が被征服者に、特に女性に対して、どういう事をやるか、色々の噂《うわさ》が乱れとんだ。若い娘達を、近在の田舎に送った親達もある。

ある日、防空部長であった私の家に、隣組の若い夫人が訪れた。主人は船の機関長で、留守であるが、西部映画で知っている、野獣のようなアメリカ人が、乱入して来ないであろうか——というのである。夫人は、はっきりと「ゴーカン」という言葉を使った。

その返事には当惑したが、神戸のような市街地で、そういう事はまずあるまいと答えた。しかし、豊満な夫人は、それだけでは承知せず、それでは「部長さん」が保証してくれますか——と追及した。そんな保証が、私に出来るものか。幸いにして、すぐ近くのフジホテルが、軍政部の宿舎になったので、附近の治安は乱れないで済んだ。

そのフジホテルに、私は、戦争以前に泊ったことがある。昭和十三年頃だろう、私は、東京で若い娘と恋愛中であった。すでに五年越しで、プラトニックという種類のものであった。

私が東京から神戸に来たのは、その人が軽い胸の病気で、九州別府《べっぷ》に保養に行っていたのが、快方に向ったので、帰ることになり、それを神戸埠頭《ふとう》まで、出迎えるためであった。

私達は三ヵ月ぶりに、東京ではない神戸で逢《あ》って、静かなフジホテルに泊ることになった。すでに、全国には「訓練空襲」がはじまっていて、ホテルの露台から見おろす、街の燈火は消えていた。秋の夜の虫たちが鳴き競い、水のような月光がしたたっていた。

突然、頭の上の諏訪山《すわやま》動物園のライオンが咆哮《ほうこう》した。私達はそれぞれ別室に退き、清浄な一夜を送った。

　　訓練空襲しかし月夜の指を愛す
　　神戸の獅子《しし》咆《ほ》えたり別れ寝るホテル

などが、その夜の俳句である。

　さて、軍政部宿舎となったフジホテルには、二百人程の兵隊が来た。進駐後一週間位のある日、門に立っていた私に、二人の兵隊が「ビーヤビーヤ」といいながら、栓を抜いてラッパ呑《の》みのしぐさをしてみせた。

　私はその家に移る前、トーア通りのホテルに長く逗留《とうりゅう》していて、ドイツやイタリーの兵隊が、いつもビールを欲しがっていたのを知っているから、このアメリカ兵もビールが買いたいのだと思って、家にはいるように合図した。食糧と交換するため、かねて数本のビールが貯《たくわ》えてあった。

　しかし、彼等は買手ではなく、売手であった。彼等のハーフコートには、大きなポケットが沢山あって、まるで手品のように、あとからあとからビール瓶が出て来て、卓上に林立した。それはすべて日本のビールであった。神戸市が軍政部に贈ったのであろう。

両方が売手とわかって、私達は大笑いした。その夜から、この二人に加えて、もう一人が、毎晩のようにわが家の広間に遊びに来た。

ルーサーは楽天的な大男、オクラホマ出身、学歴は高校卒業、油田の事務員。マルケスはメキシコ系米人、色浅黒く、好色で、暗い性格、カリフォルニヤの農園で、トラクターを運転していた。中学卒業。

ミルホルンはドイツ系米人、三人中で一番若く、角形の縁なし眼鏡をかけている。大学生、出身地は聞きもらした。

この三人が、グループを作っていたのは、彼等がKPであったからだ。KPとは炊事係で、じゃがいもの皮をむいたり、玉葱《たまねぎ》を刻んだりが仕事だから、仲間から賤《いや》しめられている。また、兵隊が刑罰をうけると、階級を下げられて、KPをやらされることを、後日知った。KPはKITCHEN POLICEの略字で、炊事場の番人、しかし、実際は炊事当番である。

彼等はフイリッピンで戦争を経験していたが、悪いのは日本の軍部、国民はその犠牲者と、はっきり割り切って考えていた。

家庭ともいえない、片輪のわが家ではあったが、彼等にとっては靴のまま出入りの出来る、気楽な家で、言葉も通じた。

私の方は、兵隊以前の境遇のちがう、三人のアメリカ人から、アメリカ流の、物の考え方を知ることが出来た。

渇《かつ》しても盗泉《とうせん》の水を飲まずという諺《ことわざ》があるが、私は渇していれば、盗泉だろうと何だろうと、かまわず飲む主義だ。従って、アメリカの食糧は遠慮なく食い、まずい缶入りビールもガブガブ飲んだ。

そのうち、若いミルホルンは、郵便物係に廻され、毎日ジープで本部まで受取りにゆくのが仕事になった。大学生が郵便配達夫にされたのだから、彼の兵隊的才能の程もわかるというものだ。

ある日、その郵便屋が、港で水兵を一人拾ってわが家にとどけた。水兵が、和歌山で知り合った日本娘に、手紙を出したいから、それを代書してくれというのだ。そういう役はアンクルサイトウに頼めばいいと、縁なし眼鏡のインテリ野郎が、わざわざジープで連れて来たというわけだ。

和歌山のある町角に煙草《たばこ》屋があって、そこに店番のこの娘がいた。上陸した二十歳の水兵は、毎日、煙草屋に現われ、娘と友達になった。しかも、言葉は一切通じなかったのである。

手紙の内容は、艦が神戸に停泊しているから、逢いに来てくれ、表記の日本人を尋ねてくれれば艦まで案内してくれる——というのである。そして「表記の日本人」とは、私のことであった。

その頃、和歌山—大阪間の電車の混雑は大変なもので大の男が肋骨《ろっこつ》をへし折られた位だ。大阪—神戸間の混雑も、残りの肋骨の安全を期しがたいという——そういう電車で娘さんはわが家を尋ねて来た。

年は十九歳、小柄で、お盆のような丸顔で、美しくはなかった。その娘を連れて、私は埠頭まで駆逐艦を探しに行った。五十男と娘は、同じように並んだ艦を順々に歴訪して、ようやくジョージを探しあてたが、上陸は翌日だという。遠い所からよく来てくれた、逢いたくてたまらなかった、明日はなるだけ早く上陸するから、待っていてくれ、ぼくは君を心から愛している等々、それをみな、通訳してくれと、子供のような水兵が頼むのだ。

娘は頭を垂れて、今日初めて会ったオジサンの通訳を聞いていたが、それが終ると、水兵の顔をみてニッコリした。ばかばかしいとは少しも思えず、ただただ哀れであった。ばかげているのは、私の方だ。

その日から、娘さんは、私の家の客となった。水兵が来ると、二人で一室にこもって、ことりとも音がしなかった。言葉が全然通じないのだから、静かなのは当然である。

ある日、娘さんは思いつめた表情で、いつまでもお世話になるわけにはゆかないから、和歌山から蒲団《ふとん》を取り寄せ、この近くに部屋を借りたいという。驚いたことには、今日あたり、兄が蒲団を持って、和歌山から来るというのだ。からだ一つを運ぶのも大変な電車に、蒲団包みを持って、大阪で乗り換えてくることは、全然不可能に思えたが、それは非力な五十男の考えで、兄なる人は、冬だというのに汗びっしょりで、三宮《さんのみや》駅から山本通まで荷物をかつぎ上げて来た。その兄に訊《き》くと、家では娘の希望通りにするつもりだという。事態がこうなるまで私は自分の意見も何もいわなかったが、思いつめた二人の様子には浮わついたところが少しもなく、それだけに、不意に出航となった時のことが心配になった。

そこで、別室に娘さんだけを呼んで、先ずどの程度の交遊かと訊くと「接吻《せっぷん》までです、要求はされましたが、コワクて許せませんでした」と答えた。私はその言葉を信じた。そして、二人だけの部屋を借りれば、もう娘ではなくなる、艦はいつどこへ出航するかも知れないし、恐らく二度と帰って来ないだろう、赤ん坊が出来たらどうするか等々、オジサンとしての常識談を述べた。

うなだれて終りまで聞いた娘は、涙もみせず、「よくわかりました、つらいけどやめます」と答えた。

つづいて今度は水兵の番。彼には少しばかり巻舌で、俗語も混ぜて、艦から牧師を呼んで結婚式を挙げろ、アンクルサイトウが立会人になってやる、今日ただいまやれ――これで水兵は、あえなくガックリと来た。

二人は、再び一室にこもり、小鳥のように静かであった。言葉もなく、別れを告げていたのであろう。

翌日、娘さんは、電報で呼んだ兄に、また蒲団を背負わせて、難儀な電車で帰っていった。北風の吹き荒れる日であった。

数日の後、小雪のちらつく日、水兵が出航の別れを告げに来た。そして、世話になった礼を述べ、彼女と部屋を借りなくてよかったと、しずかに言った。

水兵を送って門まで出ると、雪が彼の頬を濡《ぬ》らした。腰までの外套《がいとう》の、子供子供した水兵は、寒さのために歯をカチカチ鳴らした。

「テキリイ」と私は後姿に叫んだ。

「アイウイル」と彼はふりむいて答えた。

テキリイは兵隊や水兵の発音で、正しくは「テーク　イット　イージイ」「気をつけてゆきたまえ」である。

第三話　再び俳句へ

戦争中の神戸の食糧は、他の都市のそれと大差ある筈はなかったが、何しろ、全市が闇《やみ》商人の巣みたいな街だから、不思議な品物がよく現われた。

呉《くれ》海兵団に送りこまれる三谷昭《みたにあきら》が、私のところへ立ち寄った時も、アルゼンチンのコンビーフを食って驚歎《きょうたん》したが、それが私の手にはいるまでの経路を逆にたどると、私に売りつけたのはエジプト人のマジット・エルバ氏で、彼はそれを二本のビールと交換したもの。相手はドイツ潜水艦の水兵オットーで、オットーは上陸の順番を他の水兵と交換したのだ。潜水艦は台湾近くの海上まで出動して、補給の巡洋艦から受け取ってくる。巡洋艦はアフリカ沿岸あたりで、ケープタウン廻りの連合国の貨物船を砲撃し、沈没寸前に乗り込んで船艙《せんそう》から分捕ってくる。水兵オットーの説によると、潜水艦も出動して、こういう海賊を働くことがあるが、水兵の中でも、特別にスマートな奴《やつ》が、掠奪《りゃくだつ》係に任命されていて、しかも、ウイスキー、缶詰、生肉、小麦粉、砂糖など、それぞれ専門家の分捕り屋がある。分捕りに成功すると、それぞれの専門家は、一パーセントのボーナスがある。だから、オットーは、三度の上陸を一度にして、戦友の缶詰分捕り係から、コンビーフを手に入れるのだ。

こう奇妙なルートから来る品物が、神戸では、なかば公然と流れていたが、配給は全国いずこも同じで、敗戦寸前には糠《ぬか》やフスマが配給された。するとわが友、中国人の王《ワン》氏が、首をふりふり、大きな袋を持って現われ、帰る時には百ぺんもアイガトアイガトと辞儀をする。そして、二、三日後には、小さな鶏卵を三つ位持ってくる。

「センセノタマゴ」といって。

間が抜けているようで、商魂みごとな王氏《ワン》は、自分も十羽程、鶏を飼っていたが、糠とフスマの配給が続く間は、鶏の餌屋《えさ》でもうけていたのだ。

いよいよ降伏ときまったという噂は、八月一日頃から神戸に流れていた。短波受信機がかくされていたのだ。だから八月十五日の、奇妙な節廻しの天皇放送をきいても、事がはっきりしたというだけであった。この時の話はすでに前篇で書いた。

八月十五日を過ぎて二、三日後、呆然《ぼうぜん》とわが庭に立っていると、東の方から日本陸軍の黄色な練習機が二機、バタバタ、ヨタヨタと現われた。やがて西の方へ消えて行ったが、その貧弱な練習機のけなげさ、いじらしさに、私は初めて少しばかり涙を流した。

敗戦の放送の後日に、何故《なぜ》練習機が二機も飛んでいたのか。あくまで本土決戦を誓った青年将校であったか。あるいは、兵営の倉庫から何かを盗み出し、それを土産に空中を遁走《とんそう》していたのか。そんな事にかかわりなく、涙は少しずつ、頬を流れた。

その頃、例によって、名古屋から和田辺水楼が訪れ、私の前に大きな丸刈り頭をガックリと垂れた。戦争に敗《ま》けたからといって、失望落胆する辺水楼ではないから、事情をきくと、ポツダム会議では、あらゆる部署の戦争犯罪人を裁判にかける事を決定し、その中に新聞記者の中堅以上がはいっている。「僕もその中堅以上だよ」という。

逮捕されて四角な小部屋に入れられるのは、昭和十五年の経験でお互いにあきあきしているから、辺水楼のために、私も大いに心配した。しかし、結局は何事もなかったから、京大英文科で学んだ英語を、米軍軍事法廷で用いる機会はなかったことになる。

八月二十日頃、数機のアメリカ艦載機が、神戸上空に現われ、県庁の上から落下傘《らっかさん》につけた物量を投下した。日本人が糠とフスマを食っている事を知って、昨日の敵に食糧をくれるのだと、虫のいい事をいう人もあったが、実際は何々捕虜収容所宛《あて》と明記してあり、猫ばばした者は銃殺すると書いてあったという。

その日、近在の村長達が、敗戦後の打合せのため、県庁へ急いでいて、投下された物量の直撃で即死した人がある。戦争が終り、空襲が終ってからこの直撃即死は、私の知っている限り、最も運の悪い戦争被害者である。

山本通四丁目の私の家には、空襲でホテルが焼けて、天涯の独り者になった原井さん（前篇第五話登場）が残留していた。「天涯の孤独者」などという形容は、私が用いてみるだけのことで、本人の原井さんは、女性であることが百万の財産と考えていて、空襲で焼け出されようが、戦争に敗けようが、男性が絶滅しない限り、太陽と食糧はついて廻るとばかり、ノホホンとしていた。

艦載機が、空から捕虜達へ、慰問物資を投下して五日後、どこかへ出掛けていった原井さんが、深夜帰って来てお土産だといって、旧陸軍の草色シャツとズボン下をくれた。まだ闇市の形の整わない時だから、出所を訊《ただ》すと、例によって、しまりのない顔をニヤニヤと崩して、パーティーで貰ったという。驚いたことに、彼女は敗戦日から僅々《きんきん》十日後に催された、米軍捕虜達の、祝賀パーティーに出席したのであった。シャツとズボンは、捕虜達に支給した日本の兵隊用のもので、パーティーの会場の隅には、彼等が脱ぎすてた古軍服、古シャツ等が山のように積んであったので、「帰りに黙ってひろうて来ましてん」と、ケロリとしていた。

アメリカのラムか何かで酔っぱらった原井さんは、酔えば必ず唄《うた》う鼻唄で「それだからぼくが忠告したではないか云々《うんぬん》」と、ベッドの中でも大したご機嫌であった。彼女には、新しい男性が、掃いて捨てる程出現したのである。

日本の配給物資があまりひどいので、占領軍は、フイリッピンから持って来た食糧や、前線用のレーションを配給し出した。バタやチーズも配給した。薄気味悪い日本人を、食いもので手なずけようとしたのだろう。

アメリカ配給で、一番長く続いたのは、トウモロコシで、これは初めはカチカチの粒のまま配給した。隣人の白系ロシヤ人ワシコフ氏は、小石のように硬いトウモロコシに業《ごう》を煮やして、いつも袋のまま往来に捨てた。すると、大男の中国人王《ワン》氏が、待っていたように、首をふりふり現われて、袋ごとひろい上げ、ワシコフの家の方角へ向き、「アイガトアイガト」と百ぺん程お辞儀をして帰るのであった。

馬を使わない米軍が、日本中に配給出来るほどの馬糧のトウモロコシを持っている筈はない。これは日本が金を払って、戦勝国アメリカから輸入したものであった。そんな事は後日知ったので、その当時は、アメリカがタダでくれているものだと誰もが思っていた。

石のように硬いトウモロコシは、煮ても焼いても食えないので、粉にして配給するようになった。しかし、黄色のその粉を食う方法は、誰にもわからなかった。

私の同棲者波子の、横浜時代の朋輩《ほうばい》ユリが、その頃、同じ神戸の山に接した家にいた。彼女は、ドイツ客船の元船長の、日本妻であった。この船長は五十歳位の立派な紳士で、神戸在住のドイツ人とは交際せず、クラブにも行かず、私と波子だけが友人であった。

戦前の船長は、ハンブルグで一流汽船会社の観光船に乗っていて、ノルウエーの峡谷や、アフリカ、イタリーが、その航路であった。ヨーロッパで戦争が始まってから、彼はメキシコに行き、そこから日本に渡航して来て、御用船の船長に雇われて、台湾航路を往復していたが、私と知り合う頃は、乗るべき船がなくて、陸上で、若い日本妻を溺愛《できあい》していた。

彼はおそらくユダヤ系であろう。そのため、母国を逃れて、メキシコのような国に安住の地を求めたのであろう。彼を日本に連れて来たのは、日本大使館員であった。すでにその頃、徴用船の船長が少なくなっていたので、館員が説得して、日本に招待したのであろう。ユダヤ系だから、神戸在住ドイツ人とは、つき合わなかったのだ。

この老船長が、ろくでもないトウモロコシ粉を、うまいパンに加工する方法を知っていた。それを実演して波子に教えるため、彼は私の家の炊事場に現われ、またたくまに、黄金色のパンを作ってみせた。彼はその方法を、メキシコで教わったと、私に告げた。

私は、ドイツ最大の汽船会社勤務の船長が、流浪《るろう》しているとはいえ、メキシコ土人常食の、トウモロコシパンの製法を知っているのに、大いに驚き、かつ敬服した。

彼はまた、馬鈴薯料理を五種類、私に伝授したが、その一種は、当時最も貴重であった米を食わないでも済むものであった。二個の馬鈴薯と一匙《さじ》のメリケン粉、少量の油で一人分の朝食は充分というこのドイツ風のパンケーキは、現在でもしばしば貧しいわが家の食卓に現われるのである。

戦災による火災保険の一部支払があったのは、敗戦の前か後か、今たしかには記憶しないが、老船長は自分とユリと、別々の名儀で家財保険を、それぞれ五千円ずつ掛けていた。支払金額は一割か二割か、それも忘れてしまったが、書類作成から、日本銀行神戸支店で金を受け取るまで、船長は終始、私と共にいた。

査定事務所での長い長い列。半日を費してようやく船長一家の順番となったが、名儀が別々でも、夫婦と認めるから、一人分の保険しきゃ払えないという。押し問答も効果なく、それからの数日、私達は毎日、数時間を費し、最後に二人分の保険金を受け取ったが、それは台湾航路勤務時代、台北愛国婦人会がくれた、船長への感謝状のおかげであった。

たとえ保険金の一部でも、当時の船長には有難かったとみえ、どうしても一割を謝礼にとってくれという。ビジネスと考えてくれという。私が頑強に断るので、彼はしまいに白いズボンを持って来て、せめてこれだけでも取ってくれというから、有難く頂戴《ちょうだい》した。これは焼け出された船長の、唯《ただ》一つの替ズボンであった。長い太いそのズボンは、辺水楼が持って行って、はいた。

私は、昭和十五年の夏以来自ら中絶していた俳句を、終戦と共に、再び作り初めた。新興俳句の断絶以後、私は新しい方向を発見せねばならなかった。五年間の空白の時間は新興俳句への反省の時間でもあった。しかし、それは弾圧を是認するようなものではなく、防空壕《ごう》の棚に置いてあった俳句の古典と、新興俳句の精神とのつながりを発見することであった。

私が神戸にいることが、付近の俳人達に知れてからは、毎日数人の俳人達が尋ねて来だした。鈴木六林男《むりお》、井沢唯夫《ただお》等、また神戸の寒雷俳人、橋詰沙尋、林薫等、この人達が毎月の例会を、私の家で開くようになってからは、寒雷の岡勇（登美丘《とみおか》町）安井さつき（大阪東郊）蔵田瑞代（郡山《こおりやま》）などが、数回も電車を乗り換えて来た。最も遠いのは奈良県郡山から来る蔵田瑞代で、当時片道四時間、乗換え三回であった。

すでに波子は横浜に帰っていたので、広い空屋のような洋館に私一人の暮らしであった。みぞれの降る寒い日、若い俳人達は、それぞれの熱情をもって一堂に集まった。木炭も薪《まき》もないから、私は、庭の板塀を叩《たた》きこわして、俳人達のために、室内でボウボウ燃した。寒雨に濡れた木はいぶるばかり、みな空腹で、ぼろをまとっていた。結社もくそもなく、お互いが俳句を作るというだけで、安心して微笑していた。私達を暖めるのは、白湯《さゆ》だけであったが、それでも心はにぎやかで、暖かかった。

会が終ると、安井、蔵田達が炊事場で茶碗《ちゃわん》を洗った。すでに中年の安井さつきの願いは、「寒雷」の同人になることだけであった。この人は後に、願いが叶《かな》って「寒雷」同人になり、まもなく死んだ。

鈴木六林男、井沢唯夫等は、その頃から強かった。神戸の連中とは志向がちがっていた。彼等は「青天」をはじめ、仲間に中村民雄、島津亮《りょう》、立石利夫等がいた。

私は大阪で、失われた新興俳句の一派を見出《みいだ》し驚き喜んだ。そして乞《こ》われるままに仲間となった。

上海《シャンハイ》集中営から帰還した平畑静塔《ひらはたせいとう》が、勤務地の京都から初めて尋ねてくれたのも、その頃のことであった。彼は将校ズボンをはき、今と同じように猫背で、山本通の道を、一軒ずつ表札を見ながら近づく。彼が長い手の先に持っているのは、私の出した葉書で、それには地図が書いてある。私は家の前に立って待っている。すでに、一町も先に彼が現われた時から、立って待っている。彼は一軒ずつ調べて近づき、決してこちらを見ない。私は声もかけず、五年振りの彼の姿を、万の感動でみつめながら待っていた。

俳句弾圧以来、初めて逢う静塔は、戦争、俘虜《ふりょ》と難儀を重ねて、ますます沈鬱《ちんうつ》な顔つきであった。

出征中の両親の死、妻子のこと、内地帰還後の彼には困難な新しい出発があり、俳句はやめるという。

それからの数刻、私は熱弁をふるって、静塔の飜意《ほんい》をうながした。静塔のようなすぐれた俳人が消え去ることは、戦後の俳句の世界の大損失であるからだ。

「考えてみよう」といって、静塔は京都に帰っていった。

静塔にしても、私にしても、俳句のためには、あらゆるものを犠牲にし兼ねない。私とちがい、静塔には精神科医として、一貫した路がある。それが弾圧につぐ出征で、頓座《とんざ》したものが、ようやく内地帰還となったのだから、俳句のための心労や家庭無視をすっぱり改めよう、俳句を捨てようという、静塔の決意は強かった。

その静塔を、俳句に引き戻そうとする私は、彼の生涯の、最後的な曲り角にいる、誤れる道標であるかも知れなかった。

東山の麓《ふもと》の精神病院で、静塔は妻子と離れた生活をしていた。真夏の日ぐれ時、耳のはたにには蚊の声が通り、遠くには盆踊りの太鼓の音がきこえた。

すでにして私達は中年であった。

静塔は、俳句のために、生涯を損亡《そんもう》している私の顔をみながら、「私もやろう」といった。

神戸へ帰るとき、静塔はサッカリンとメリケン粉を少しくれた。私はそれを大切に持って、混乱した電車にのり、俳句が静塔の生涯を、再び傷つけないことを祈った。

第四話　サイレンを鳴らす話

一万円の敷金を苦労して返したものの、さて何をやって食ってゆくか、見当もつかないでいると、戦禍をうけた神戸市の家々の、室内設備、電気、水道の復旧工事に眼をつけた人が会社を作り、その事務所に、わが家を又借りしたいといって来た。元、神戸市役所にいた技師達が主体だというので、その会社に階下全部を貸し、独り暮しの私は、裏二階のアマさん部屋に立てこもった。

石田波郷が戦後はじめて松山に帰省する時、立ち寄ったのも、この六畳一間の部屋であったし、山本健吉が安見子《やすみこ》さんを連れて、京都から泊りがけで来たのも、この部屋であった。彼等は、私の作る粗末な手料理を、だまって食った。

会社が仕事を始めると、いきなり市役所や県庁から注文が来出したが、それは全《すべ》て、米軍が接収した建物内部の工事であった。その注文書を読んだり、現場の先方との交渉のための渉外部長ということで、私が働くことになって、風来坊はホッと一息ついた。

うそのような秋空の下、私は毎月ジープに乗って、神戸の焼跡を馳《か》け廻った。海岸の神港ビルの司令部、商工会議所の作業場などで、将校や兵隊と折衝するうちに、私は米軍の規律や、将校対兵隊の感情、白人兵対黒人兵の感情などを、つぶさに観察する機会があった。日本の軍隊は、大学教授を土方に使ったりしたが、米軍では入隊以前の職業を生かして使っていた。兵隊は一様に将校を嫌悪《けんお》していたが、命じられた仕事は、責任感と誇りをもって果した。この勤勉な兵隊や将校に、敗戦で打ちひしがれ、栄養失調一歩手前の、わが社の工員の仕事振りを弁解するのが、私の苦労の種であった。

私が監督した最初の仕事は、市内の小学校の屋上に設置されたサイレンを解体、移転して、接収されたビルやホテルに設置し直すことであった。こういう場合の命令書には「何月何日までに、ＡＢＣＤの建物に、非常用サイレンを設置すべし」とだけ書いてある。

そこで市役所と相談して、サイレンのある学校の屋上から取り外すわけだが、ここで技師の不手際《ふてぎわ》から、大変な手ちがいが起った。彼は臨時募集人夫を、二十人位も連れて、学校の屋上でサイレンを解体したが、いつも地上から仰ぐサイレンという奴は、近づいてみると途方もなく大きなもので、その台座は三畳敷いっぱい位ある。それを非力な素人《しろうと》の人夫を相手に解体するだけで、丸々二日はかかり、それを地上に下ろすのに一日かかった。

それは仕方ないとして、彼は一台毎《ごと》に移転設置せず、五台全部を司令部の地下室に搬入してしまったのだ。仕事の性質上、そこからが私の担任となるのだが、命令された建物に運び出す前に、地下室で部分組立てを始めて、私は呆然、啞然《あぜん》となってしまった。私は勿論《もちろん》、電気のデの字も知らないが、停年近い技師も、サイレンを見るのは初めてで、それよりも困ったのは、一台毎に部品の寸法がちがうのと、サイレンそのものに大小があることだ。それを、ごちゃ混ぜに地下室に入れてしまったのだから、一台組み立てるのに、全部の部分をあてがってみなければならない。しかも、その部品は鋳鉄だから、十人の人夫がようやく持ち上げ、適合しないと、次のものを又試適する。ようやく台座に適合したと思うと、ネジ孔《あな》の位置がズレている。規格というものが、全然ないのだ。

人夫は一日八時間労働。命令では、五台を一ヵ月以内に設置完了せねばならない。一週間経《た》っても十日経っても一台も組み立てられない。ドストエフスキーの小説に、囚人に煉瓦《れんが》を運ばせ、積み上げると又元のところに運ばせることを続けると、大抵の囚人がきちがいになってしまうというのがある。米軍接収のビルの地下室で、戦争でうちのめされた市民の臨時人夫達は、重い重い鉄製品を持ち上げては下ろす作業に、精も根も尽き果てて、日毎に顔色が変っていった。

私は毎夜悪夢にうなされた。「鉄」と聞いただけで飛び上った。日本人すべてが脅《おび》えたサイレンは、戦争が終ってからも、私を責めさいなんだ。

初めの数日、将校も兵隊もだまって見物していたが、三週間経っても一台の組立ても出来ないのをみて、註文を他社に与えようとしたが、そういう会社は当時わが社の他になかったので、今度は製造会社を探すことになった。それまでに、将校と兵隊は、何度も帽子を床に叩きつけ、踏みつけ、頭の毛をかきむしって怒号したが、その悪たれがわかるのは、私だけであった。しかし、彼等よりも先に、私自身が、規格などてんで無視したメーカーに、満腔《まんこう》の呪咀《じゅそ》を吐きかけていたのである。

大阪市城東区の焼跡で、私はジープから下り、兵隊と共に、サイレン製造会社を探したが、一望の瓦礫《がれき》の中に、そんなものが残っている筈《はず》はなかった。

「僕が将軍なら、この会社の周囲二キロは爆撃させなかったのに」

兵隊が、焼けた煉瓦を蹴《け》とばしながら、つぶやいた。私なら、あるいは他の日本人なら誰でも、これで会社探索はあきらめる。しかし「会社を探し出し、担任技師を連れて来い」という命令をうけたその兵隊は、口笛を吹きながらジープを走らせて、まず警察にゆき、工場係に会って社長宅を教わり、病気の社長から一人の技師の住居を聞き出した。私はそれまで、大阪に住んだことがないから、焼けない時でも地理不案内である。まして一面の焼野原だから、てんで方角もわからないこと、そのアメリカ兵と同じだ。しかし、平然としていながら、徹底した彼の責任感に感心したので、不可能と知りつつ、その技師の家を探し廻った。

その日のくれがた大阪の東郊、焼跡の防空壕の中で、とうとうその技師を発見した時、私は腰が抜けたようになり、兵隊はやにわに技師に抱きついて、老人をびっくりさせた。

翌朝、その老技師は司令部に出頭してくれたが、バラバラに解体した彼の製品をみて、感極まるばかりで、兵隊や私をがっかりさせた。そして、とうとう上級将校は私を呼びつけ、サボタージュと認めるから、MPに引き渡すと脅迫した。

MPは虫が好かない。その夜、私と会社の技師は徹夜して、このろくでもないサイレンの精密な寸法を取り、ネジ孔の場所の寸法をとり、明けがたには、しめっぽい地下室の鉄材の中で、脳貧血でぶっ倒れた。

ようやく組み立てたサイレンを、解体して、そのビルの屋上に運び上げ、再び組み立てたのは二日後である。そしてスイッチを入れ、第一音が神戸中に唸《うな》り出した時、ビルに充満したアメリカ人は、周章狼狽《ろうばい》、きちがいのように騒ぎ立てた。その屋上で私と技師は、腹の皮が痛くなるまで笑った。

そのあとの四台を設置するまで、延々三ヵ月を要し、そのため担任将校が肝臓を患《わずら》ったのは気の毒であった。いまでも、阪急で武庫川《むこがわ》を渡るとき、海の方のホテルの屋上にある、サイレンの拡声器を眺め、私はひとりでに微苦笑することがある。

サイレン工事の次は、エレベーター修理で、この中には大きな三菱倉庫の、貨物用大エレベーターもあった。最も困難を極めたのは、垂水《たるみ》の裏山、ジェームス山に水道を取り付けろという注文であった。これは市の水道課と共同で、三段にポンプで中継し、とうとう山上の住宅に水道をつけ、一息ついたら、水量が必要量ギリギりなのに、模擬火事をやって、消火ポンプのテストをやるといわれたのには弱った。これはかんべんして貰《もら》ったが、それからは米軍の消防車が走る度にビクリとしたものだ。

私の仕事は、神戸中の接収建物のすべてであったが、最も長かったのは、海岸の商工会議所の修理工事であった。そこは全館が兵隊宿舎であったから、修理する端から故障が起った。直接工事をするのは専門の工員さんだが、私は電気、水道、便所と、どの工事にも立ち会わねばならなかった。

いつも故障が多いのは、水洗便所であった。大男の兵隊達は、水を流すペタルを又しても踏み折った。排水の鉄管には、不思議なものがつまる。ある時、そこで故障修理を手伝っていると、軍政部勤務のミルホルン（前出のインテリ兵隊）が、友達を訪ねて来て私を発見し、

「アンクル、そこで一体何をやっているのか」

と尋ねたのには閉口した。彼の尊敬するオジサンは、便所修理屋になっていたのだ。

また、その宿舎の食堂勤務の、中国系の兵隊は、口髭《くちひげ》を生やした私が、スネーク（つまった汚物を通すための鋼鉄の針金）を振り廻しているのをみて、わざわざ物

かげに呼び出して、いくら戦争に敗けたからといって、東洋人の誇りを失ってくれるな、プラマー（水道工事屋）はアメリカでは最低の職業だ——と、真面目《まじめ》な顔で忠告した。しかし、私は何でもやってみたかった。歯科医、会社重役、商人と、私の職業は転々したが、最低と聞いてからは、そこに自分を置く決心を新しくした。

また一方、そこでのプラマー係の兵隊は、ベンというポーランド系の頑丈な男で（前職は造船工）、いつのまにか、私と彼は親しくなっていたからだ。私はベンを通じて、アメリカの労働者の良心を知った。他の兵隊は、時間がくると、やりかけた仕事を投げて引き上げるが、ベンは仕事の性質もあるが、一つの仕事が完成するまで、時間にかまわずじつに熱心に働いた。私がそれを賞《ほ》めると、

「友達を喜ばせるためにやり通すのだ」

と、微笑しながら答えた。

アメリカ人がクリスマスに熱狂するのは、事情を知っている私でも、ばかばかしいと思う位だが、そのクリスマスの夕方六時頃、私の家にベンが、まっさおな顔でジープを乗りつけた。今夜の祝宴会場の隣の便所がつまり、汚水が食堂に流れ込んでいるというのだ。これには私も驚いたが、工員は帰ってしまって一人もいない。

それからの一時間、ベンと私は、全身を汚水で汚して、やっとのことで、祝宴の時間までに故障を修理して握手したが、二人の手は他人の排泄物《はいせつぶつ》にまみれていた。私はこの時を忘れないために、飼犬には代々「ベン」という名をつけた。彼には相すまないが。

その頃、呉、江田島《えたじま》に駐留していた濠州《ごうしゆう》軍の司令部から、出張命令が来た。調べてみると、軍が運航している呉、江田島間の、ランチのエンジンが故障だという。そこでそのエンジンを製造した、兵庫の会社に行って交渉して、技師と工員を連れ、現地にゆくことになったが、その会社にも、駐留軍の仕事が山積しているので、ついでにその会社の顧問を兼任することになった。

江田島海軍兵学校には、故郷の中学校二年の時、修学旅行で行ったことがあるが、当然のことながら、再び訪れた江田島の変化は私を驚かせた。校舎は無傷で残っていたが、広大な校庭には、印度《インド》の若い兵隊が、詩集か何か持って散歩しており、「今上陛下御手植《きんじょうへいかおてうえ》」という木札が放り出されていて、その木は根元からぶち伐《ぎ》られていた。

教室を事務室に使っている軍の当事者は、英国風に午後の紅茶を飲んでいた。室内の設備はアメリカ軍とは雲泥《うんでい》の相違で、電灯のスタンドの代りに、木箱をこわした木片が打ちつけてあり、それに裸電球がぶらさがっていた。私は二十代の終りに、英領の植民地に住んでいたから、英人の取扱いには馴《な》れていた。英人という奴は、子供でも紳士扱いをして貰いたがる。

問題のランチに乗って、呉、江田島間を何回も往復するうちに、故障はあっけなく直った。その間、運転している兵隊と話しているうちに、彼が、ワゼリンを探していることがわかった。濠州軍の医務室には無いというのだ。

「実は困って、チューブにはいったハミガキを代用したら、涼しくて具合が悪く、ヒゲソリクリームを使ったら、アブクが一杯出て彼女に横っ面《つら》をひっぱたかれた」

用途おのずから明らかである。そう思って改めて彼の偉大な身体《からだ》を見たら、吹き出さないでいられなかった。ディーゼルエンジン製造会社の顧問もワゼリンは持っていなかったから、後日、神戸の会社から大量に送らせた。

仕事が終って、広島で乗り換えて神戸に帰ることになり、私は荒れはてた広島の駅から、一人夜の街の方に出た。

曇った空には月も星もなく、まっくらな地上には、どこからかしめった秋風が吹いてくる。手さぐりのように歩いている私の傍に、女の白い顔が近づき、一こと二こと何かいう。唇がまっくろいのは、紅が濃いのであろう。だまっていると「フン」といって離れてゆく。私は路傍の石に腰かけ、うで卵を取り出し、ゆっくりと皮をむく。不意にツルリとなめらかな卵の肌が現われる。白熱一閃《いっせん》、街中の人間の皮膚がズルリとむけた街の一角、暗い暗い夜、風の中で、私はうで卵を食うために、初めて口を開く。

広島や卵食う時口ひらく

という句が頭の中に現われる。

私の前を、うなだれた馬が通る。くらやみの中の私に気がついたのか「フーッ」と鼻息を立てる。それはほんとうに馬であるか。

風が、遠くの方から吹いてくる。人の嗚咽《おえつ》のように細い。去年の夏、この腰かけている石は火になった。信じ難い程の大量殺人があった。生き残った人々は列をなして、ぞろりぞろり、ぞろりぞろり、腕から皮膚をぶらさげて歩いた。

そのひきずった足音が、今も向うから近づく。ぞろりぞろり、ぞろりぞろりと。

私はくらやみに立ち上る。一歩あるいて、立ったままの松の骸《むくろ》につき当る。どこかで、水の音がするのは、水道の鉛管がやぶれているのだろう。のどがカラカラに渇いていることに気がつく。月もなく、星もなく、何もない。あるのは暗い夜だけだ。人間は人間を殺すために、あんなものを創《つく》り出した。そして私もその人間という名の動物なのだ。

「ニヒリズム」と心中につぶやいて、おなじ心中で冷笑する。そんな感傷はここにはない。アメリカでも、イギリスでも、ソ連でも、日本でもなく、そのすべての人間の悪が、私を締め木にかけて、しぼり上げる。

広島の駅で深夜の汽車に乗り、私は神戸に帰った。太陽があり、秋の色の山があり、深い海があり、人々が立って歩いている神戸が、昨夜見た広島と地つづきだとは、どうしても思えなかった。

第五話　流々転々

米軍の註文で最も難渋したのは、前に書いたように、サイレン工事と、ジェームス山の水道工事であったが、別の意味で苦労したのは、海岸に近いAビルの、地下水排出工事であった。

神戸の海岸地帯は、昔の埋立てらしく、地下室には必ず水が溜《たま》る。この地下の水圧は想像以上の力を持っていて、不完全な基礎工事のしてあるビルの地下は、年中、池になっているのだ。

工事命令には、五階建のAビルの地下室の水を、十日以内に排出すべしと書いてある。社の技師に訊くと、一ヵ月でもむつかしいという。基礎がデタラメだから、こっちを防げばあっちに洩《も》れ、奔命に疲れるのは眼にみえているという。私は司令部と現場を、一日に何度も往復しながら、戦争を呪《のろ》い、世を呪い、水を呪い、土を呪った。呪いの種はいくらでもあった。

このビルが何のために接収されているのか、将校に訊いても「お前のビジネス」ではないといって答えない。その担任将校は若い紳士で、時々癇癪《かんしゃく》を起しても、決して「ガッデム」などとはいわない。せいぜい「ダーン何々」という位のものだ。その彼は、私の質問に答えることを拒否したが、その表情には一瞬狼狽の影があった。「これは臭いぞ」と、私は注意していた。

Aビル中の電気工事が終っても、地下室はもとのように池になっている。昼夜の別なくポンプを掛けていて、そのため徹夜の工員をつけているのだが、いやな色の水はコンコンと湧《わ》き出るのだ。司令部では、とうとう待ち切れなくなって、各室に、木製のベッドを入れ始めた。

「ナンダ、兵隊宿舎か」それにしては将校の表情が怪しい。

秋風が海から吹いて来て、落葉が舗道を走った。そういうある日、その宿舎が開かれた。軍用女郎屋であった。

女達は、戦前まで娼家《しょうか》を経営していた専門家によって集められたもので、百五十人位はいたらしい。

白人兵と黒人兵は、平常でも宿舎が別だが、このPハウスに出動するのも、一日交替である。

朝早い奴は八時頃に飛び込む。そして天下御免で泥酔する。酒池肉林という中国の言葉があるが、このビルは全く動物園となり、どの階にも、白猿と黒猿が、隔日に暴れ廻っていた。

一階の入口にはMPが厳然と立っているが、各階の野獣共は、電気設備、便所のきらいなく、片っぱしからブチこわした。私や工員は、オーダーが来ないうちは、一切眼前で電線がスパークしても、便所がつまって、汚物が廊下に流れ出しても、一切われ関せずだ。午前中に修理しても、午後には酔っぱらいがこわすのだから、直しても無駄である。

とうとう担任の技術将校がカブトを脱いで、私の責任において、何でも、何時《いつ》でも、勝手に修理してくれ、オーダーは白紙で渡しておくという。かくして口髭生やした修理屋の親方は、昼でも夜でも工員を連れて、けだものの園の中に、はいらねばならなくなった。

元来、アメリカの兵隊共は、服装もいいし、食物もいいし、接収した商工会議所では、テキサスの石油人夫か何かが、真紅の絨毯《じゅうたん》を敷いた部屋を宿舎にしていたが、無暗《むやみ》に水洗便所をこわす。そこで将校が癇癪を起して、屋外の海に添ってカワヤを作らせた。これは実にカワヤという日本語の語源的設備であって、並んで腰掛けた兵隊共の尻《しり》が、海の上に突き出る仕掛になっている。そして、隣人との仕切りも、前面の扉も一切なしである。

そういう野蛮人共だから、真昼間のベッドの上で、毛むくじゃらの素裸で、パリ製の絵葉書のようなことをしていても、全然われわれを無視出来るのである。一室五台のベッドは見通しで、その上には、一人ずつ、われわれの同胞の女性がいる。最初これをみた若い工員は、廊下にとび出して、したたかに吐いた。敵愾心《てきがいしん》などは通り越して、私は人間そのものがいやになった。

いつまで経っても地下水は減らない。肌寒い夜更《よふ》け、ポンプ番を見廻りにゆくと、彼はションボリ、汚い水をみつめていた。水洗便所も毎日のように破損したから、汚穢《おえ》に満ちた液体は、地下水に混じり込んでいるにちがいない。女郎屋の地下で、夜徹《よどお》しポンプの番をする若者を、慰める言葉はなかった。

階上では乱闘が絶えなかった。そのたびにMPが駆け上って、白い棒で両方をブンなぐった。女のことから白と黒との争闘も起り、そういう時は、両方が集団となって闘ったから、どちらかに刺し殺される奴も出た。そういう事が原因になったのか、やがて、汚辱の溢《あふ》れたPハウスは閉鎖された。しかし、地下水工事はつづけさせられた。

女達は、潮が引くように、どこへともなく四散していった。ある夜、担任将校と食事を共にしたあと、夜間の湧出量《ゆうしゅつりょう》を調べるため、私達は、今は地下室に番人がいるだけのビルを降りて行った。暗く寒いその一隅に、いつもの若い工員はいたが、その横の空箱に腰かけて、女が一人うつむいていた。十一月だというのに、彼女は色あせた夏のワンピースを着ていた。

将校が私に片目をつぶってみせた。私も、若者が、パンパンを呼び寄せたのだろうと思った。勤務中に、そういう事をする工員を私は叱《しか》るべきであるか。しかし、私は渉外部長であって、技術部長ではない。

将校は、私の挙動をニヤニヤしながら見ている。こういう時の、日本人同士のやり方がみたいという表情である。私はこの若者にかねてから深く同情していたので、静かに事情を訊《き》いた。若者は、その女が、夏から階上で働いていたことを告げ、この建物が閉鎖されると同時に、宿なしになったことを付け加えた。

それを聞いてから気がつくと、女の膝《ひざ》の上には、会社が工員に支給する、夜食のパンの一片があった。当時は、どんな女でも、女でさえあれば、飢餓の心配はなかった。それなのに、百四十九人が退散したあと、夏の薄い服着たきりのこの娘は、じめじめして寒い地下室の木箱に腰かけて、貰った一切れのパンをボソボソと食っているのだ。

若い工員は、将校の顔をみないようにつとめながら、「このひとはもう商売がいやになったいいますねん。行くとこ、どこにもないさかい、夜だけここに来て、となりのポンプ室で寝てますねん。今日で三日目かいナ」と、うっすらと笑った。私は彼が、大阪の伯母の家に寄宿していることを知っていた。彼の日給は、交通費と食事代に足りる程度である。私は、彼が復員して来た兵隊であるかどうか、それまでわざと訊かないでいた。彼がつづけて来た仕事は、元の日本兵にやらせるべきものではなかったからだ。

私の説明をきいた将校は眼を丸くして、あらためて、しょんぼりした二人をみつめた。そして、アメリカ煙草《たばこ》を袋ごと、若者の膝の上に置いた。それから私をうながして、ポンプ室に入り、ポンプを点検していたが、その間、しきりに空咳をして、ここの湿気は、大変からだに悪いといった。

その翌晩、若者は出勤しなかった。娘もいなくなった。彼等がどうなったか、私には一切わからない。

この頃、私は再び、俳句を作って発表することを始めた。和田辺水楼を介して、奈良あやめ池の橋本多佳子《たかこ》さんにも会い、つづいて静塔をも訪問した。その日、私達は、誓子先生が疎開《そかい》の意味で橋本さんに預けておいた、句集「激浪」の原稿をみた。橋本さんは、それを渡す時「先生に叱られるかも知れませんが」といった。

その句稿をみた私達は、共に強い感動をうけた。静塔や私が、弾圧をうけたために、官憲をはばかって、全く俳句から遠ざかっていた五年間の戦争中、先生は、毎日営々と句作をつづけ、多い日には、一日十数句が記録されていた。「七曜」以来の作風の変遷《へんせん》も、私達をおどろかせた。句稿の読後、静塔と私は期せずして顔を見合った。その時、句作の真の決意が、私達の心中に成ったのである。

それから「天狼《てんろう》」が創刊されるまでの経過は、すでに度々書いたから、一切省略するが、新誌創刊のためには、度々上京せねばならず、一方、会社の仕事もコースにのったので、私は思い切って辞職し、三室の又貸し料だけの収入となった。

元々、山本通のその家は、持主が出征したので、伯母に当る人が管理していたのだが、財産税を収めねばならなくなった。私が、買ってくれといわれたのもその時だ。やがてブローカーの手で、その家は中国人のものとなり、私は毎日、立退《たちの》きを迫られる仕儀となった。当時、神戸の焼け残りの家は、殆《ほと》んど、中国人に買いとられた。日本人同士なら、明け渡しに二年も三年もかかるから、人が住んでいる家は安く買える。ところが、そういう家を買った中国人は、同じ中国人の「追出し屋」を雇うのだ。その専門家は、新しい家主の代理として、住んでいる日本人と同居を始め、昼も夜も、麻雀《マージャン》でさわぎ立て、勝手にどの部屋にでも侵入する。遂《つい》に日本人はたまり兼ねて退散となる。

私はそれを知っていたから、又貸ししていた会社に納得させ、僅《わず》かの立退料で退散することにしたが、さて、行先のあてはなかった。立退き期日ギリギリになって、明石《あかし》の先の方から、よく訪ねてくるようになったUという俳人が、近所にいらっしゃいという。彼は私の主宰する俳誌を出したがっていたので、私もその気になり、遂に愛する神戸退散となった。勿論、新居はUがすでに探してくれていると思ったら、期日の前日に神戸に現われてこれから探しにゆきましょうという。それからの数時間私は世にも心細い思いをしたが、とっぷりと秋の日が暮れた頃、別府《べフ》という海村の、大邸宅の離座敷を借りることになり、翌日移転した。

私は又も金銭に縁のない境遇になったが、すでに「天狼」が創刊され、天理市の養徳社から発行されていたので、その編集費で、カツカツの生計を立てていた。

これより前、九州で私の子供を育てていた絹代（「神戸」前篇参照）が、立退く前の神戸の家に来ていた。子供は四才になっていた。

ありがたい事に、彼女は貧乏に強い抵抗力を持っていて、薪がなくなると、浜に出て流木を拾い、風呂敷包《ふろしきづつ》みにして背負って帰る。副食物がなくなると、貝を掘って来て、煮て食わせる。折から冬で、一望の播州《ばんしゅう》平野は、枯れ一色であった。

私の頭の中は、創刊早々の「天狼」のこと、私自身の作句活動のことで、いつもはち切れそうであったから、わが家の貧乏について考える余裕は全くなかった。私は昭和九年頃から、俳句に没頭し、弾圧によって五年間の休暇をとったが、それが今、爆発的に噴火をはじめたのである。それは絶大な快感であったが、また息苦しくもあった。

そこで、一日の中一、二時間、全く俳句のことを忘れる時間を作った。釣《つり》を始めたのである。田川の縁に腰を下ろしてウキをみつめていると、心中空々漠々として、水のようになる。

朝露の稲架《はさ》の間を抜けて、溝川にかがみ、餌《えさ》にする小エビをしゃくる。釣場は潮のさし込む小川で、大きな鮒《ふな》が釣れたり、ハゼが釣れたりする。

夕暮れになると、野末のあちこちに煙が立ちのぼり、鵙《もず》が叫んだ。北の方の山添いを、上りの汽車が、左から右へゆっくり通ってゆく。時々、木立にかくれて、又あらわれる。

私の俳句は、戦前のものとはちがっていた。新しい俳句は、静かな死の影をともなっていた。

死が近し端より端へ枯野汽車

という句が出来た。それから数日後、私は用事のため上京して、横浜の秋元不死男《ふじお》を訪ねた。私達は昔から、お互いの俳句を見せ合う習慣があったから、この時も、手帖《てちょう》に書いたこの句を見せた。

不死男はしばらく私の句をみていたが、おもむろに、彼の句帖をひらいた。それは息子の小学生が使う雑記帖で、表紙には「具象を重んずべし」とか「凝視」とか、不死男一流の金言が書いてある、不思議な句帖である。

その句帖の、不死男がだまって指さした一句は

死が近し枯野をわたる一列車

というのであった。

私達は、しばらく顔を見合った後、同時に笑い出した。笑いは仲々とまらなかった。類句とか類想というけれど、これはあまりにひどすぎる。第一「死が近し」という言葉は、不死男も私も、独自の言葉として、はじめて俳句に取入れたのだ。観念的には類似のものだが、言葉の実感は個人的なものだ——等々と、私達はまじめに語りあった。

年齢は一つちがい、共に新興俳句運動に没頭し、所こそちがえ、仲よく臭いめしを食い、戦後はおなじ「天狼」に属し、俳句観も共通していると、横浜と兵庫県に離れていても、こういうことになるのか。これは大いに危険であるぞ——と私は考えたことだ。

私の海村ぐらしは十ヵ月つづき、その間に私のささやかな主宰誌「激浪」はつぶれた。「天狼」に専心していて、他をかえりみる余裕がなかったからだ。

隣の町には永田《ながた》耕衣《こうい》がいたので、お互いに訪れ合った。深い、強い眼をして、彼はいつも、じゅんじゅんと語った。話すのではなく語るのであった。

海に近い平野の、しずかな生活が終りとなったのは、静塔が私の貧乏を見かねて、女子医専の病院に、就職させたからである。

私は枯野の中を、僅かな荷と共に、東に移り、淀川《よどがわ》平野を見渡す生活に入った。

それから八年の後、私は東京に帰った。昭和十七年、東京を去って神戸に住みつき、転々十四年の歳月が、その間に過ぎ去ったのであった。

《天狼・昭和34年8月号—12月号》

解説

森見登美彦

西東三鬼《さいとうさんき》の「神戸」を読んだのは数年前のことである。

その頃、私はすっかり小説というものがイヤになっていた。執筆に行き詰まって全連載を投げだし、東京を引き払って郷里の奈良へ引き籠《こ》もっていた。「神戸」の冒頭、西東三鬼は「私は私自身の東京の歴史から解放されたことで、胸ふくらむ思いであった」と述べているが、同じく都落ちした私はといえば、とくに胸ふくらむような思いもなく、ただただ屈託していた。小説とは何かと考えれば考えるほど書けなくなってしまうのである。ついには自家中毒のようになって、他人の小説を読むのもウンザリして、小説らしくないものばかり読んでいた。たとえば『古典落語』や『聊斎志異《りょうさいしい》』、『江戸怪談集』、そしてなによりもマルドリュス版『千一夜物語』である。

西東三鬼の「神戸」を読んだのはそんな時期であった。冒頭、バーの女から「アパートを兼ねた奇妙なホテル」について教わるところから引きこまれ、寒風吹きすさぶ坂道に立って褌《ふんどし》ひとつでグルグル回転する狂人に驚かされ(「彼が二十分位も回転運動を試みて、静かに襤褸《ぼろ》をまとって立ち去った後は、ヨハネの去った荒野の趣であった」)、奇妙なエジプト人「マジット・エルバ」氏が登場する頃にはすっかり魅了されていた。

マジット・エルバ氏と西東三鬼がホテルの一室でレコードを聴く場面は、この作品において、もっとも美しい一節のひとつであろう。

「マジットも私も貧乏だったので、夜は大抵どちらかの部屋で、黙って煙草《たばこ》を吹かすのが常であった。私の部屋には十数枚のレコードがあった。それは皆、近東やアフリカを主題とした音楽で、青年時代からの、私の夢の泉であった。私達は、彼が何処《どこ》からか探し出してくるビールを、実に大切に飲みながら、一夜の歓をつくすのであったが、彼はレコードの一枚毎《ごと》に『行き過ぎの鑑賞』をして、砂漠のオアシスや、駱駝《らくだ》の隊商や、ペルシャ市場の物売婆を呼び出し、感極まってでたらめ踊りを踊り、私はそれに狂喜の拍手を送るのであった。そういう我等を見守るのは、どのような神であったか、所詮《しょせん》は邪教の神であって、一流の神様ではなかったであろう」戦時下の神戸に、幻のように出現する『千一夜物語』の世界。

この手記がエジプト人、マジット・エルバ氏との交流から始まることには、少なからず意味があると思う。西東三鬼は大正十四年、二十四歳で日本歯科医専を卒業した後、長兄が暮らしていたシンガポールへ渡って開業、昭和三年まで暮らしている。自筆年譜には「昼はゴルフに熱中し、夜は近東地方の友人と交遊、彼等の祖国に移住の希望に燃えたが、勇なくして果さず」とある。そんな人物が『千一夜物語』を知らぬわけがない。魔神や魔法のランプこそ出てこないものの、「神戸」は西東三鬼流の『千一夜物語』なのである。

それにしてもなんと贅沢《ぜいたく》な文章だろうか。

『千一夜物語』には王様から奴隷《どれい》までじつに多様な人間たちが登場するが、「神戸」もまた次から次へと魅力的な人間たちが登場する。エジプトのホラ男爵《だんしゃく》ことマジット・エルバ氏を筆頭に、純情にして奔放な娼婦《しょうふ》・波子、バーで働くマダムたち、比類なき掃除好きの台湾人・基隆《キールン》、その日暮らしの謎《なぞ》めいた怪女・原井さん、お大師様を信仰する広東《カントン》人・王《ワン》、風来坊の冒険家・白井氏、栄養不足で夜盲症になった俳人・和田辺水楼《へんすいろう》……いずれも一篇の小説の主人公になれるほど強烈なキャラクターたちの大盤振る舞いである。それらの強烈な人間たちを、西東三鬼は一筆書きの達人みたいに、一見無造作に、しかし鮮やかに描きだしていく。よけいな水増しは一切なく、小説一篇に匹敵する内容がわずか数行に詰めこまれている。こんなことはもったいなくて、平凡な小説家には到底できないことだ。その圧倒的な密度が、分量的には決して長くないこの作品に、『千一夜物語』を思わせる広がりを与えている。

西東三鬼は「読者を娯《たの》しませるためなら、事実だけを記録しないで、大いにフィクションを用いるだろう」と書いている。しかしながら、同じような素材をイカニモな小説に仕立てたところで、「神戸」のような面白さや凄《すご》みが描きだせるだろうか。それは甚だ疑わしいと私は思う。むしろ「大いにフィクションを用い」ないからこそ、この作品は傑作になったのである。

だからといって、「フィクションでない」と言い切ることもできない。

何をもってフィクションといい、何をもってノンフィクションというか、という厄介な問題にここで深くは立ち入らないが、この「神戸」という作品世界、その世界で生きる人間たちの魅力が、西東三鬼という人の独特の視点、すなわち文体と分かちがたく結びついているのは明らかである。たしかに西東三鬼は「大いにフィクションを用い」なかった。だからといって、西東三鬼という不思議な人間がいなかったら、この世界は絶対に成立しないのである。

ここで思いだされるのは、三鬼というペンネームが天狗《てんぐ》の異名でもあるという逸話である。「神戸」の文章を読むとき、私は「まるで人の良い天狗が書いたようだ」と感じる。「人の良い天狗」とはヘンテコな表現だが、それが一番しっくりくる。フワリと宙に浮かんで人間たちの営みを俯瞰《ふかん》しているようでありながら、俗世で生きる彼等への愛情ゆえに見捨てて飛び去ってしまうこともできない。夏目漱石の『吾輩《わがはい》は猫である』における猫と人間の距離感と比べてみれば分かりやすいだろう。いわば西東三鬼は俗世から去るに去られぬ天狗であり、「神戸」は三鬼流飛行術の産物なのである。

三鬼流飛行術なくして、この作品に横溢《おういつ》するユーモアは支えきれない。いかに登場人物たちが魅力的で生き生きしていようとも、戦時下の神戸で生きる彼等の境遇は悲惨であって、当人たちの内面に迂《う》闊《かつ》に立ち入ればユーモアなど消え失《う》せてしまう。「人生はクローズアップで見れば悲劇だが、ロングショットで見れば喜劇だ」という有名な言葉を思いだしてみればいい。西東三鬼はつねにフワリと宙に浮かびながら語っている。周囲の人々を描きだす三鬼の筆は彼等に対する愛情に充《み》ちているが、しかし同時にそこにはつねに冷酷さがある。

第四話「黒パンと死」で描かれるのは、昭和十八年からホテルに滞在するようになった葉子という元看護婦にまつわる話である。身近に頼れる人間もおらず、肺病に苦しむ彼女は、やがて缶詰や黒パンと引き替えに、ドイツの水兵たちに身を売るようになる。そのブローカーを買って出たのがナターシャというロシア人の女性だった。西東三鬼は「汝《なんじ》は肺病の彼女から血を吸う蝙蝠《こうもり》の如き女である」とナターシャを非難するのだが、彼女はまったく動じない。

「それに対するロシヤ婆の答は、気味悪いほど叮嚀《ていねい》な英語で、妾《わたし》が毎晩彼女を売りつけてやらねば、彼女は首を縊《くび》らねばならないだろう、というのであった。そう言いながら婆は手で首の廻りに縄を巻きつける真似《まね》をして見せた。私はその時のナターシャのおだやかな微笑を忘れない」

たしかにこの老婆は冷酷である。

しかしそれを的確に描写している三鬼も冷酷なのである。

三鬼はこの強烈なロシア人の女性にある種の魅力を感じている。そうでなければ、こんなふうに鮮やかに書くことはできないだろう。死んでいく葉子への同情も、この悪辣《あくらつ》なロシア人への憎悪も、三鬼の文章の調子を乱すことはない。これもまた三鬼流飛行術のなせるわざで、マジット・エルバ氏との交遊をユーモラスに描く場合と変わらないのである。

それにしても、この場面におけるナターシャの存在感は強烈である。肺病に苦しむ葉子の咳《せき》を聞き流しながら、缶詰の鰯《いわし》を黒パンにのせて食うナターシャは、『千一夜物語』に登場する女詐欺師《さぎし》のようだ。まるで「人間」というものが目の前にゴロンと転がっているように感じられる。ここには小説よりも大きなもの、もっと古くから連綿と受け継がれてきた語りがある。それは人間の内面ではなく、その外形を描くことによって本質を語る。

たしかに「神戸」には、小説のような筋運びや、詳細な心理描写というようなものはない。戦時下の神戸において、強烈な人間たちがどのように生きたか、それらが断片的に描かれていくだけだ。しかしだからこそ、人間の姿としか言えないものが、ユーモアや迫力を帯びて浮き彫りにされていく。ここには『千一夜物語』に通じる感覚がある。クローズアップでしか見えないものもあれば、ロングショットでなければ見えないものもある。下手にフィクションを用いようとしたり、感傷に流されたりすれば、そういった人間の姿はたちまちボヤけてしまうだろう。

こういう文章は書き手にエネルギーを要求する。実際、「神戸」の三年後に書かれた「続神戸」は、三鬼本人も述べているように、ユーモアも迫力もいささか弱まっている。こういう文章はいつでも書けるというものではないのである。

ところで、「神戸」第九話の冒頭で三鬼は次のように書いている。

「かくして、ようやくおぼろげながら判って来た執筆の目的は、私という人間の阿呆さを公開する事にあるらしいのである。だから、私のくだくだしい話の数々は、何人《なんぴと》のためのものでもなく、私にとっても恥を後世に残すだけの代物《しろもの》である。しかし私は、私が事に当るたびに痛感する阿呆さ加減を、かくす所なくさらけ出しておきたいのである」

この言葉をどこまで信用していいのだろう。正直に言えば、そんなことを書きたいと思って西東三鬼が「神戸」を書いたとは、私にはどうしても思えないのである。

周囲の人々をさんざん書いたから、同じ筆で自分を料理することによって公平を期す——そんな感じがする。三鬼が本当に書きたかったものは他にあるのだ。三鬼は第十話で次のようにハッキリ書いている。「彼等や彼女等は、戦時色というエタイの知れない暴力に最後まで抵抗した。エジプト人、トルコタタール人、白系ロシヤ人、朝鮮人、台湾人そして日本娘達の共通の信仰は『自由を我等に』であった」

自由であること——我々はそれがどんなことであるか、漠然と分かったつもりでいる。しかしいざそれを説明しようとすると困惑する。なぜなら自由というものは虚空《こくう》にポカンと浮かんでいるものではなく、それぞれの人間の生き方に現れてくるものだからである。西東三鬼が「神戸」を書くことによって保存しようとしたのは、そういう自由の感覚だったのだと思う。戦時下の神戸で出会った人々を人間らしく描くことは、そのまま彼等の自由を描くことであった。なんとなくフワフワしてとらえがたい自由というものが、この作品ではハッキリと具体的な人間の姿を取ってそこにある。もちろんこんなことができたのは、西東三鬼が彼等と信仰を共有していたからである。自由を我等に。

（二〇一九年四月、作家）

底本　『神戸・続神戸・俳愚伝』（講談社文芸文庫）二〇〇〇年五月刊

一部史実と異なる記述があるが原文通りとした。

【読者の皆様へ】

本作品集には、今日の人権意識に照らし、不適切な語句や表現が散見され、それらは、現代において明らかに使用すべき語句・表現ではありません。

しかし、著者が差別意識より使用したとは考え難い点、故人の著作者人格権を尊重すべきであるという点を踏まえ、また作品の歴史的文学的価値に鑑み、新潮文庫編集部としては、原文のまま刊行させていただくことといたしました。

決して差別の助長、温存を意図するものではないことをご理解の上、お読みいただければ幸いです。

（新潮文庫編集部）

芥川龍之介著

羅生門・鼻

王朝の説話物語にあらわれる人間の心理に、近代的解釈を試みることによって己れのテーマを生かそうとした〝王朝もの〟第一集。

芥川龍之介著

河童・或阿呆《あるあほう》の一生

珍妙な河童社会を通して自身の問題を切実にさらした「河童」、自らの芸術と生涯を凝縮した「或阿呆の一生」等、最晩年の傑作6編。

有島武郎著

小さき者へ・生れ出づる悩み

病死した最愛の妻が残した小さき子らに、歴史の未来をたくそうとする慈愛に満ちた「小さき者へ」に「生れ出づる悩み」を併録する。

有島武郎著

或る女

近代的自我の芽生えた明治時代に、封建的な社会に反逆し、自由奔放に生きようとして敗れる一人の女性を描くリアリズム文学の秀作。

安部公房著

砂の女

読売文学賞受賞

砂穴の底に埋もれていく一軒屋に故なく閉じ込められ、あらゆる方法で脱出を試みる男を描き、世界20数カ国語に翻訳紹介された名作。

安部公房著

密会

夏の朝、突然救急車が妻を連れ去った。妻を求めて辿り着いた病院の盗聴マイクが明かす絶望的な愛と快楽。現代の地獄を描く長編。

井伏鱒二著
山《さん》椒《しょう》魚《うお》

大きくなりすぎて岩屋の棲家から永久に外へ出られなくなった山椒魚の狼狽をユーモア漂う筆で描く処女作「山椒魚」など初期作品12編。

井伏鱒二著
黒い雨
野間文芸賞受賞

一瞬の閃光に街は焼けくずれ、放射能の雨の中を人々はさまよい歩く……罪なき広島市民が負った原爆の悲劇の実相を精緻に描く名作。

伊藤左千夫著
野菊の墓

江戸川の矢切の渡し付近の静かな田園を舞台に、世間体を気にするおとなに引きさかれた政夫と二つ年上の従姉民子の幼い純愛物語。

泉鏡花著
歌行燈・高野聖

淫心を抱いて近づく男を畜生に変えてしまう美女に出会った、高野の旅僧の幻想的な物語「高野聖」等、独特な旋律が奏でる鏡花の世界。

泉鏡花著
婦系図

『湯島の白梅』で有名なお蔦と早瀬主税の悲恋物語と、それに端を発する主税の復讐譚を軸に、細やかに描かれる女性たちの深き情け。

井上靖著
しろばんば

野草の匂いと陽光のみなぎる、伊豆湯ヶ島の自然のなかで幼い魂はいかに成長していったか。著者自身の少年時代を描いた自伝小説。

石川啄木著

一握の砂・悲しき玩具

―石川啄木歌集―

処女歌集「一握の砂」と第二歌集「悲しき玩具」。貧困と孤独の中で文学への情熱を失わず、歌壇に新風を吹きこんだ啄木の代表作。

石原慎太郎著

太陽の季節

文学界新人賞・芥川賞受賞

「太陽族」を出現させ、戦後日本に衝撃を与えた『太陽の季節』。若者の肉体と性、生と死を真正面から描き切った珠玉の全5編！

稲垣足穂著

一千一秒物語

少年愛・数学・星・飛行機・妖怪・A感覚……近代文学の陰湿な風土と素材を拒絶して、時代を先取りした文学空間を構築した短編集。

井上ひさし著

吉里吉里人（上・中・下）

日本SF大賞・読売文学賞受賞

東北の一寒村が突如日本から分離独立した。大国日本の問題を鋭く撃つおかしくも感動的な新国家を言葉の魅力を満載して描く大作。

井上ひさし著

父と暮せば

愛する者を原爆で失い、一人生き残った負い目で恋に対してかたくなな娘、彼女を励ます父。絶望を乗り越えて再生に向かう魂の物語。

円地文子著

女坂

野間文芸賞受賞

夫のために妾を探す妻――明治時代に全てを犠牲にして家に殉じ、真実の愛を知ることもなかった悲しい女の一生と怨念を描く長編。

大江健三郎著
死者の奢り・飼育
芥川賞受賞

黒人兵と寒村の子供たちとの惨劇を描く「飼育」等6編。豊饒なイメージを駆使して、閉ざされた状況下の生を追究した初期作品集。

大江健三郎著
個人的な体験
新潮社文学賞受賞

奇形に生れたわが子の死を願う青年の魂の遍歴と、絶望と背徳の日々。狂気の淵に瀕した現代人に再生の希望はあるのか？　力作長編。

川端康成著
伊豆の踊子

伊豆の旅に出た旧制高校生の私は、途中で会った旅芸人一座の清純な踊子に孤独な心を温かく解きほぐされる――表題作等4編。

川端康成著
古　都

捨子という出生の秘密に悩む京の商家の一人娘千重子は、北山杉の村で瓜二つの苗子を知る。ふたご姉妹のゆらめく愛のさざ波を描く。

神西　清編
北原白秋詩集

官能と愉楽と神経のにがき魔睡へと人々をいざなう異国情緒あふれる「邪宗門」など、豊麗な言葉の魔術師北原白秋の代表作を収める。

木下順二著
夕鶴・彦市ばなし
毎日演劇賞受賞

人の心の真実を求めて女人に化身した鶴の悲しい愛と失意の嘆きを抒情豊かに描く「夕鶴」ほか、日本民話に取材した香り高い作品集。

幸田文著

流れる

新潮社文学賞受賞

大川のほとりの芸者屋に、女中として住み込んだ女の眼を通して、華やかな生活の裏に流れる哀しさはかなさを詩情豊かに描く名編。

幸田文著

きもの

大正期の東京・下町。あくまできものの着心地にこだわる微妙な女ごころを、自らの軌跡と重ね合わせて描いた著者最後の長編小説。

坂口安吾著

白痴

自嘲的なアウトローの生活を送りながら「堕落論」の主張を作品化し、観念的私小説を創造してデカダン派と称される著者の代表作7編。

坂口安吾著

不連続殺人事件

探偵作家クラブ賞受賞

探偵小説を愛した安吾。著者初の本格探偵小説は日本ミステリ史に輝く不滅の名作となった。「読者への挑戦状」を網羅した決定版！

志賀直哉著

小僧の神様・城の崎にて

円熟期の作品から厳選された短編集。交通事故の予後療養に赴いた折の実際の出来事を清澄な目で凝視した「城の崎にて」等18編。

志賀直哉著

暗夜行路

母の不義の子として生れ、今また妻の過ちにも苦しめられる時任謙作の苦悩を通して、運命を越えた意志で幸福を模索する姿を描く。

島崎藤村著

破　戒

明治時代、被差別部落出身という出生を明かした教師瀬川丑松を主人公に、周囲の理由なき偏見と人間の内面の闘いを描破する。

島崎藤村著

夜　明　け　前
（第一部上・下、第二部上・下）

明治維新の理想に燃えた若き日から失意の中に狂死する晩年まで――著者の父をモデルに木曽・馬籠の本陣当主、青山半蔵の生涯を描く。

島尾敏雄著

出発は遂に訪れず

自殺艇と蔑まれた特攻兵器「震洋」。出撃指令が下り、発進命令を待つ狂気の時間を描く表題作他、島尾文学の精髄を集めた傑作九編。

島尾敏雄著

死　の　棘
日本文学大賞・読売文学賞
芸術選奨受賞

思いやり深かった妻が夫の〈情事〉のために神経に異常を来たした。ぎりぎりの状況下に夫婦の絆とは何かを見据えた凄絶な人間記録。

庄司　薫著

赤頭巾ちゃん
気をつけて
芥川賞受賞

男の子いかに生くべきか。戦後民主主義とは、真の知性とは何か。日比谷高校三年の薫くんの一日を描く、現代青春小説の最高傑作。

須賀敦子著

トリエステの坂道

夜の空港、雨あがりの教会、ギリシア映画の男たち……、追憶の一かけらが、ミラノで共に生きた家族の賑やかな記憶を燃え立たせる。

壺井栄著
二十四の瞳

美しい瀬戸の小島の分教場に赴任したおなご先生と十二人の教え子たちの胸に迫る師弟愛を、郷土色豊かなユーモアの中に描いた名作。

長塚節著
土

鬼怒川のほとりの農村を舞台に、貧しい農民たちの暮し、四季の自然、村の風俗行事などを驚くべき綿密さで描写した農民文学の傑作。

永井荷風著
濹東綺譚

小説の構想を練るため玉の井へ通う大江匡と、なじみの娼婦お雪。二人の交情と別離を描いて滅びゆく東京の風俗に愛着を寄せた名作。

中島敦著
李陵・山月記

幼時よりの漢学の素養と西欧文学への傾倒が結実した芸術性の高い作品群。中国古典に取材した4編は、夭折した著者の代表作である。

吉田凞生編
中原中也詩集

生と死のあわいを漂いながら、失われて二度とかえらぬものへの想いをうたいつづけた中也。甘美で哀切な詩情が胸をうつ。

野坂昭如著
アメリカひじき・火垂るの墓
直木賞受賞

中年男の意識の底によどむ進駐軍コンプレックスをえぐる「アメリカひじき」など、著者の〝焼跡闇市派〟作家としての原点を示す6編。

神戸《こうべ》・続《ぞく》神戸《こうべ》

新潮文庫　さ－90－1

令和元年七月一日発行

著者　西《さい》東《とう》三《さん》鬼《き》

発行者　佐藤隆信

発行所　株式会社　新潮社

郵便番号　一六二－八七一一
東京都新宿区矢来町七一
電話　編集部(〇三)三二六六－五四四〇
　　　読者係(〇三)三二六六－五一一一
https://www.shinchosha.co.jp

価格はカバーに表示してあります。

乱丁・落丁本は、ご面倒ですが小社読者係宛ご送付ください。送料小社負担にてお取替えいたします。

印刷・三晃印刷株式会社　製本・株式会社植木製本所
Printed in Japan

ISBN978-4-10-101451-7 C0195